CONSTELADO

千里远景，如在尺寸之间。

一诺

石钟山

著

中国工人出版社

目录

最后的阵地

一

“咣当”一声，先是一颗炮弹落在阵地上，接二连三，铺天盖地的炮弹便雨点似的落下，阵地上硝烟弥漫，战火冲天。张守望便从硝烟里走出来，还是他年轻时的样子，身穿军装，提着冲锋枪，身上挂满了子弹袋，指着他的鼻子大声地吼道：你的援兵为什么不来，我的阵地剩下还不到一个班的人了，你见死不救，为啥，为啥不来救我？

每次梦到这里，李满田都会从梦里醒来，先是摸一把早就哭湿的脸，抖抖地坐起来，腿放到床沿下，披了件衣服。刚才的梦境仍铺天盖地地在眼前演绎着。他知道，再睡去是不可能了，便下床，来到窗子前，拉开窗帘的一角，望向外面。夜色正浓，邻家的灯火暗着，窗外院内几盏路灯，星星点点地亮着。

2

李满田觉得胸闷，还有很多委屈，他要找人叙说，连同满腔的委屈。

最近不知道怎么了，李满田隔三岔五地就会做上一次这样的梦，梦的情景也大体相同，阵地，炮火，张守望那张求救的脸，还有粗声大气地发泄着不满。每次从梦里醒来，便再也睡不着了，魂不守舍地熬到天亮，确切地说，天刚蒙蒙亮，他便穿戴整齐地出门了。来到干休所那座凉亭下。

干休所有两座凉亭，一个在院内的东南角，一个在西北角。西北角是李满田和老邢、老徐常聚会的地方。天一亮，他们就聚在一起，有的打太极拳，有的端起拳头做出跑步的样子，不论做什么，只是个姿态而已。太极拳是打不到位的，跑步也是不可能的，只是个样子而已。八十多岁的人了，人生就像皮影戏似的，一切都恍如隔世，不仅动作慢了下来，看什么都隔了一层毛玻璃似的，影影绰绰，似有似无。

李满田来到凉亭下，天空微微地泛着白，他霜打了似的立在那，竟一时不知如何是好的样子。想哭却没有泪，就那么憋屈着，似乎又沉浸在梦境里，张守望粗嗓大声的喊叫仍在他耳畔回响着：你为什么见死不救，我的阵地丢了，哪怕你带来一兵一卒，我还能坚持两小时。这次似真似幻的喊叫，真的又让他落泪了，泪水冰冷潮湿地顺着脸颊流下来。

先是老邢走过来，老邢拄着手杖，人没到，手杖声音便“笃笃”地传过来。然后是老徐，一边拍手一边踱过来，三个老朋友便在凉亭下聚齐了。他们的开篇往往是这样的：那啥，昨天晚上睡得都咋样？老邢总是这么开场白。

老徐说：还行吧，睡着了三四个小时，尿憋醒了，回来就再也睡不着了。

放在以往，李满田也会搭一句：管他三小时五小时，能睁眼下床，就都还活着。

然后三个加起来快三百岁的老人会干干地笑一笑，迎着东方即将出升的太阳，做出运动的姿态，度过他们通俗又普通的一天。

这次是李满田打破了这种约定俗成的模式，他扯了老邢，又拉了老徐，让二人坐在凉亭的石凳上，大多着手说：张守望在汉江丢了阵地，你们说这事怪我吗？

老邢一脸错愕地甩开李满田的手道：你怎么又来了，还有完没完，跟个娘们似的。

老徐也拂了拂手说：老李呀，你该放下了，别揪住那点事不放。

李满田就真心实意地感受到委屈了，他立在那里，突然抽抽搭搭竟哭了起来，一边哭，一边委屈得像个孩子似的说：是我揪住不放了吗，你们怎么都这么认为，是张守望揪住不放。这些日子，他天天在梦里找我，指着鼻子冲我喊，他把阵地丢了，是因为我没有支援他，怪我一兵一卒也没派。呀，你们评评理，他在汉江丢了阵地怎么怪到我头上了。

提起张守望，老邢和老徐都沉默起来，心里漾过悲伤的涟漪，两人大眼瞪小眼地望着站在中间的李满田。

李满田的委屈似乎刚开了个头，仍在述说着：大半辈子了，活着时说，死了之后还说，他干吗就和我纠缠不清呀。他丢了阵地，怎么就怪到我头上了。

半年前，这个凉亭下，还是他们四个人，多了个张守望。张守望的身子骨似乎比三个人都硬朗，除了耳朵有些背。张守望耳背，从年轻时就这样，在汉江阻击战时，被美国人的炮弹炸聋的，那会他才三十出头，从那以后，他说话的声音陡然高了八度，几乎是扯着嗓子喊，以为别人都听不见。就是半年前的一天早晨，张守望把两只拳头端在腰间，做出跑步的姿势，没比画几下，他就坐到石凳上，说心口闷。几个人都八十出头了，不是大小伙子了，这里疼，那里不舒服，成了家常便饭。起初，谁也没太把张守望当回事，不舒服就歇歇，以前也有过这样类似的事，歇一歇，把气喘匀了，就啥都没啥了。这次却不一样，张守望不仅捂了胸口，脸色变得苍白，还倚在栏杆上，口吐白沫。张守望这样子着实把三个人吓坏了，正巧赶上张守望的女婿郭家华去上班，路过此地。三人忙把郭家华叫过来，女婿郭家华毕竟年轻，见识也多，查看了岳父张守望的脉搏，又翻了眼皮冲三人说：我爸怕是心梗了。便把岳父平放在地上，一边打电话叫救护车，一边通知了张彩云。张彩云是张守望的女儿，张守望有两个儿子，一个女儿，以前都另过日子，住在外面，女儿后来见父亲岁数大了，便搬到干休所和父母同住在了一起。养儿女防老，大概就是这个意思。三个孩子中，张守望最疼爱的就是小女儿张彩云，平日里，张口老闺女，闭口我女儿的，每次提到女儿张彩云，他都幸福得合不拢嘴。

救护车把张守望拉走后，三个人的腿都软了，刚才还好好的一个人，说倒下就倒下了，眼睁睁地又被救护车拉走。三个人瘫坐在石凳上，久久没回过神来。最后不知谁说了句：回吧。三个人才灵醒过来，抖着腿脚一步步向家挪去。回到家，心仍放不下，立在窗前向外面张望，希望再看到一辆车驶进来，从车上下来硬朗的张守望，然后站在楼下，粗门大嗓地喊一声：我老张没事，你们都下楼哇。平时他们经常能听到张守望这么喊他们，他们一听到他的声音，便从楼上下来，走出各自楼门，集合着向凉亭走去。

一直到下午，他们重新又聚在凉亭下，仍没见张守望回来。日头又偏西了一些时，他们看见了张彩云一个人从院外走回来。张彩云似乎早就哭过了，哭透了那种，眼睛也红肿着。他们默默地迎上去，张彩云抬起眼皮，哽着声音说：叔，伯，我爸走了。张彩云这轻轻的一声“走了”，犹如一颗炸弹在三个人心里炸响，几乎要把他们炸翻了。他们呆呆地立在那，久久没回过神来。早晨出门还好好的张守望，到了下半晌就轻轻地“走了”。

再次见到他们的好战友、好伙伴张守望时，是三天后的殡仪馆里，张守望躺在那里，一如生前睡着了，他身上盖着党旗、军旗，映得他那张脸红扑扑的。哀乐一遍遍滚动着播放，提醒着他们，他们的战友张守望已经“走了”。

告别仪式是干休所组织的，来了许多现役军人，还有张守望曾经的下级、同事，但作为老战友的，就剩下他们三个人了。他们立在张守望遗体旁，就像三个门神，也像是主人。他们不舍不弃地陪在张守望的身边，他们要送战友最后一程。所有参加遗体告别的人，最后都仰慕地把目光投向三人，有人还远远地向他们敬礼，有些人他们压根不认识，有的人脸熟，却想不起是谁。不论生、熟，这些人都和他们无关，他们的职责就是守护着老战友，并送他最后一程。

二

汉江阻击战，那会老邢是团长，老徐是团政委，李满田和张守望都是营长。那是怎样的一场阻击战，还不如说是场遭遇战，守住汉江阵地，就守住了汉城。汉城是志愿军攻克的最具象征意义的城市，全世界的目光都投向了这里，联合国军发动了反扑，机械化部队从四面八方调集而来，一场遭遇战便不可避免了。当时的志愿军在分头作战，距离汉江最近的也有上百公里，况且，丢下阵地回援也不现实。只有他们50军离汉江最近，刚参加完战役，部队还在休整中，志愿军司令部下令，他们停止转移休整，掉头直奔汉江，展开了一场生死阻击战。

整整十几天时间，美军几倍于我军，飞机、坦克、火炮，轮番着向我阻击阵地发起进攻。美军当然明白，攻下汉江等于断了志愿军后路，将不战而胜。阻击敌人的志愿军也明白，汉江守不住，之前付出所有的牺牲将功亏一篑。全军将士分布在汉江外围的几十座山头上，面对着美军疯狂的进攻，以血肉之躯捍卫着阵地。

张守望的一营，是最先进入阵地的第一拨阻击兵力。阵地不大，张守望知道，小小的阵地没必要摆开那么多兵力，先是把一个连派上了阵地，其他作为预备队，埋伏在山沟里，以保存实力。可结果，还不到一个白天，一个连队在经历过换了八位连长后，几乎全连覆没。连干部牺牲了，排长上，排长牺牲了，班长接替，傍晚还没到，张守望又派上一个排去接替三连。最后三连只剩下十几个伤残的战士，他们缺胳膊少腿，横七竖八地躺在了张守望面前，他们一声声叫着：营长，我疼呀。他就派出担架队护送这些伤残士兵下去。那会张守望心里在淌血，他的心被刀剜了一样地疼。

仗再打下去，连护送伤兵撤下阵地的人都没有了，先是上一个连，后来是一个排，到最后一个班一个班地上了。阵地就如同一台绞肉机，张着血盆大口，有多少肉都能生吞下去。张守望最后上阵地时，是带着炊事员、警卫员、卫生员一起上去的，总共也不过十来个人。他知道最后的时刻到了，他挺了挺轻机枪，红着眼睛，哑着声音冲仅有的十几个士兵喊：打完这一仗，这辈子的仗就打完了，阵地就是我们的坟墓。只要我们在阳间还有最后一口气，就要把枪里的子弹打出去，阴间没有子弹。他喊完，挥了下手臂。十几个人跟着他，跃上了阵地。

阵地早就焦煳一片，弥漫着一股血腥味，让人作呕。山下敌人几辆坦克并排地向山上攻上来，坦克身后是密密麻麻的美军。炮弹密集地落在阵地上，他们没处躲，也没法躲，炮弹在焦土上炸开，细碎的粉尘遮天蔽日，犹如黑夜。在这之前，他向团部求过援，那会电话线路还是畅通的，当初团里安排阵地时，他知道李满田的三营是预备队。他还剩下一个连时，就请求过邢团长增援，邢团长在电话里冲他咆哮道：预备队已经没人了。没有预备队，你也要把阵地给我守住。

再后来，他只剩下一个排了，电话线早就炸飞了，他用电台向团里求救，邢团长回话：你们营剩下一个人也得把阵地守住。

再后来，电台都被敌人的炮弹炸飞了，团里和他们彻底失去了联系。有联系又能怎样，预备队早已派出去了，没有人了。张守望看见，不仅他们的阵地如此，周围的阵地和他们一样，早就是一片火海了。

张守望抱着最后一战的必死之心上了阵地，那会什么炮弹、坦克、美军，在他眼里都成了皮影戏。声音没了，一切都静场了，他的耳朵已被炮弹炸聋了，他一遍遍地喊：打，射击，往死里打。他的机枪口都打红了，冒着缕缕青烟，美军像割麦子似的倒下一批又上来一茬，前仆后继的样子。他们打呀，杀呀，有几个战士，抱着掷弹筒滚出阵地和敌人的坦克同归于尽。那会，张守望觉得自己已经飞起来了，身子似乎不存在了，轻飘飘的，他把打坏的机枪扔到一边，又端起另外一支枪向外射击着。时间不知过了多久，似乎一切都在他眼前定格了，硝烟之后的阵地变得瓦蓝一片，像一面静止的湖泊。就在这时，他的后方升起两颗信号弹，就是两颗，这是邢团长之前规定的。两颗信号弹升起，就是他们撤出阵地的约定。

军命如山，他又射光了枪里最后一粒子弹，在这之前，美军已经潮水似的撤下去了，他知道不用多时，阵地上将迎来一拨更猛烈的炮火。他冲身边吼：撤，撤离阵地。

有三四个战士从地上爬起来，向他身边聚拢，他又喊：我命令，撤！再没有反应，还是那三四个人。他急了，他的命令还从来没有被如此怠慢过。他又喊了一遍。一个炊事员大声地报告道：营长，全营已集合完毕。他没听到，但从炊事员的口型中明白了什么意思。他盯着眼前仅剩下的四名士兵，其中两名已经负伤，相互搀扶着，这就是他们营的全部家当了。上阵地时几百人，现在连他在一起，仅剩下五人了。但他还是下达了撤退命令。

他们前脚刚撤出阵地，后脚黑压压的炮弹落到阵地上。

直到和大部队会合，他才知道，他们营已经在阵地上坚守了十三天了。暗无天日的阵地令他早已失去了时间的概念。最后一个军撤出战斗，稀稀拉拉的从队首都能看到队尾，可他们上阵地时，足足有几万人呢。为了汉江，为了志愿军的大后方，他们几乎把一个军拼光了。

从那时开始，张守望不仅耳朵聋了，还留下了一个爱做梦的毛病。每次的梦境都千篇一律，他不停地手摇着电话，一遍遍向电话里请求团部增援。他得到的答复是：增援的部队在路上。他一次次张望，却不见一兵一卒来增援。

现实生活中，他把恨就记在李满田的身上，他分明记得李满田是预备营长，他们上阵地前，团长老邢，政委老徐就是这么分工的。可直到他们营打光了，却不见李满田派出一兵一卒。

那次，他们撤回到了国内休整，李满田受了重伤，住在丹东。李满田被一颗炮弹击中，不仅头受了伤，浑身上下十几中了处弹片。老邢，老徐，还有他赶到李满田病床前，李满田显得很激动，一把捉住他的手，眼泪含在眼里，哽哽咽咽地说：老哥几个，我以为再也见不到你们了。

他在撤下来时就知道，他们奔上阵地不久，李满田的预备营就拉上了阵地，团里从战斗打响那一刻就没有了预备队。可张守望还是说：满田，为啥不来增援我们呢，哪怕来一兵一卒也好哇。

那次，李满田躺在病床上哽着声音说：守望，我还指望你给我派一兵一卒呢。张守望还知道，作为团长的老邢和政委老徐，也已经带着团部的警卫排上了阵地，他们军长据说都做好了棺材，带着警卫兵都上了阵地。汉江阻击战，整个军都参加了战斗。

这个理张守望懂，他是名军人，还是名身经百战的老军人，这一切他能不懂吗。可梦依旧做，每次的梦境都是雷同的，他坚守的阵地变成了一座孤岛，每次他求援，团里的答复都是千篇一律。援军就在路上，可阵地都丢了，援军却仍不见一个人影。

平日里，他就把火撒到李满田的身上，话里话外的满是责备。李满田委屈，他就拉着他去找老邢和老徐，老邢和老徐已经是师长和师政委了，他们各自也已经是团长了。其实也没更多解释的，张守望心里明镜似的。

有时喝多了酒，他还和李满田磨叽，拉着李满田的手，他的眼前李满田已经三头六臂了，然后一遍遍地说：满田，你咋才来呀，阵地都丢了。然后就很悲怆地哭。李满田就大声地劝道：守望，是我不好，等下次再打仗，我给你派去一个营，先把你的阵地守住。行了吧。

张守望就抱着李满田哀哀地哭，像一个被遗弃的孩子。

不知是梦让张守望的脑子错乱了，还是他本来就错乱了，总之，张守望的记忆似乎丢在汉江，再也找不回来了。

三

从朝鲜战场上回来，李满田和张守望再也没找到共赴战场的机会。每次他们聚餐喝酒，张守望都眼泪汪汪地冲李满田说：哪怕你增援我一兵一卒，阵地也不会丢掉哇。李满田和其他战友已不想做更多解释了，只能安慰着喝多的张守望道：守望，等下一次呀，我带着全团的人去支援你。张守望听了，便哀哀地哭，委屈得像个孩子。

其实他们还有两次接近战争的机会，可惜，都没有轮到他们亲自上战场。

1969 年初，北疆边境反击战打响了，那会儿，李满田是二师师长，张守望是三师师长，他们军的驻地离珍宝岛最近。上一年，张守望的儿子张八一已经参军了，张八一参军时才只有十七岁，张八一是张守望家的老大，长得和张守望一点也不一样。张守望是五短身材，整个人肉墩墩的。而张八一就像一棵柳树，不仅眉清目秀，身材也苗条得很。从小到大，在张守望的眼里就像个丫头，他经常盯着他家的老大张八一唉声叹气。起了一个和军人有关的名字，儿子却长得像个姑娘，这让张守望变得心事重重，经常望着张八一的背影叹息道：这以后参军打起仗来，枪都拿不稳，还不得成了俘虏。

高中毕业，十七岁的张八一仍然像棵柳树，弱不禁风的样子。张八一被张守望送到了部队，去了最北部边陲，地点有个好听的名字叫珍宝岛。名字虽然充满诗情画意，但都知道那里是最艰苦的地方，一年四季有一半时间都是大雪纷飞。让张八一去珍宝岛当兵，张守望和老伴马护士长曾经发生过口角。张守望的老伴是名部队医院的护士长，人们似乎忘了她的名字，一律和张守望称她为马护士长，不知张守望在家是怎么称呼老伴的，反正在人前人后，他一直马护士长这么叫。人到中年的马护士长依稀能够看出，她年轻时一定是个美人坯子，举手投足都很有修养和文化的样子。和张守望的画风大相径庭。张守望一直抱怨张八一长得如此女孩相，这一切都和马护士长有关。他们是在辽沈战役中相识于长春，只不过，他们被困在长春城中，外面是里三层外三层的解放军。驻守在城里的是六十军国民党部队，那会张守望还只是名连长。

从 1948 年 6 月开始，城外的解放军就把长春围得水泄不通，经济封锁，军事上围而不攻。起初，还有国民党的飞机能空投一些食物，僧多粥少，只能一解燃眉之急。那会城里的百姓和一些军人趁乱跑出城外，投奔了共产党的队伍。马护士长那会儿还只是名护士。一线的军队都缺衣少粮，医院里的医生护士更是贫寒交加。有许多兵痞借机打砸医院，能抢到的药都被哄抢了，那会，用药充饥的士兵也不在少数。张守望就是在那会认识的马护士长，有一天，他们医院又被一群兵痞袭扰了，马护士长跑出医院，投奔兵营求救，正遇上了张守望查哨。马护士长只来得及喊了一声：长官，救救我。人便晕了过去。后来张守望从后厨里拿了两个玉米饼子，还端了碗水，算是救了马护士长一命。马护士长醒来，二人聊天，发现竟是河南同乡。自此，他们就多了照应，张守望每次开伙吃饭，总会想到在医院里的马护士长。总是偷偷地把口粮留下一些，找机会给她送去。

1948年10月，著名的锦州战役打响了，国民党的飞机已顾不上长春了，都转向了对驻锦州守军的支援。让驻守在长春城内的守军雪上加霜。六十军军长曾泽生突然在一天夜里下令起义，长春一夜之间解放了。他们全军将士改头换面成了解放军中的一员。张守望和马护士长就是在那一年的年底结的婚。在张守望眼里，马护士长身子跟豆芽菜似的，他当时想，这都是因为饿的，吃几顿饱饭一切都会好起来。

后来张守望才发现，自己大错而特错了。自从怀了张八一，马护士长的身子也没能壮起来，人倒是滋润了，也活泛得很，可就是不胖，身子总能让人想起一些和植物有关的名称。

张守望一直抱怨，张八一随了他妈。虽然他给儿子起了一个无比阳刚的名字，“八一”是中国人民解放军的建军节。虽然张守望他们不是根红苗正的解放军，打小参加的就是国民党部队，但也是打过日本人。台儿庄血战，在李宗仁的指挥下，参战部队也打出了中国军人的血性。就是台儿庄战役，张守望当上了排长。

张八一被张守望送到了叫珍宝岛的边陲连队，马护士长是有意见的，她不反对儿子去参军，但做母亲的，总希望儿子能去一个条件稍好的地方。马护士长这家长里短的妇人之心，被张守望批判得体无完肤。张守望扯着嗓门喊道：张八一他是我的儿子，你看看他长的那个娘们叽叽的样子，他不去艰苦的地方锻炼，谁去？他的名字叫八一，他是军人子弟。

自从投诚之后，张守望发现身边所有的人都换了个模样，不仅心比以前齐了，觉悟和以前相比也是天上地下。当初，他们作为志愿军的第五十军，被拉到了朝鲜战场，前几次战役，他们军一直作为预备队，并没有打上几场硬仗。有人就发牢骚说：党中央并不相信他们这支部队，虽然起义之后，他们还是原来的建制，也参加了辽沈战役，平津战役，可总觉得哪里不对劲，似乎和其他部队比起来，他们总是低人半头。一直到上了朝鲜战场，要不是汉江危在旦夕，他们的部队正好离汉江最近，也许汉江阻击战还不一定轮到他们。可就是这一战，把五十军的气势和威望打出来了，为了汉江，为了保护志愿军的大后方，五十军拼光了家底。他们幸存下来的这帮人，从心底里才真正获得了解放，找到了归属感。

在张守望的心底里，自己的儿子张八一就应该到最艰苦的地方去，和别人家的孩子并没有什么两样。马护士长自然胳膊拧不过大腿，阴沉着脸色，不满了几日，一切又都复归正常了。

就在张八一当兵的第二年，北部边境反击战突然打响了，张八一在那场战斗中牺牲了。消息传到张守望耳朵里时，他们的部队已经拉到了前线。

张八一和牺牲的战友们的尸体还没来得及处理，整齐地摆在库房的地面上，显然，尸体已经过简单处理，连队给他们换上了新军装，脸也被洗过了。张守望一眼就认出了儿子的尸体，他走过去，蹲在儿子尸体面前，儿子的脸不再生动，苍白得很，右手食指还套着手榴弹的拉环，手指紧勾着。他试图把拉环从儿子手中取下，试了几次也没能成功，仿佛儿子在和他较着劲。最后他放弃了，重新把儿子的胳膊放回到原处，他立起身，冲儿子还有一起躺在地上的尸体敬了个军礼。直到这时，他才意识到，自己已经泪流满面了。他最后看了眼躺在地上的儿子，突然发现，儿子和当兵前相比，已经壮实了不少。他在心里暗暗吁了口气。

老邢、老徐和李满田得知他儿子牺牲后都来安慰他，尤其是李满田，握住他的手，摇晃着说：守望，我们又到前线了，这次若开打，我给你留一个营做预备队，不论你打成什么样，这个营归你指挥。

张守望不认识似的望着李满田，还愤愤地把他的手甩掉说：谁要你的预备队，我自己的部队够用。他们说这话时，都已经是师长了。

李满田还在解释说：汉江欠你的情，我一定补上。

老邢和老徐就打着圆场说：什么情不情的，一切以大局为重。你们各就各位，随时准备应对敌人的反扑。

大部队在前线驻扎了几个月，后来都被撤出了前线。他们又回到了军营。张八一和牺牲的官兵们一起被葬在了当地的烈士陵园。

张八一牺牲，马护士长好久才缓过神来，她的脸更加苍白，身子也更加瘦弱。只要有人提起张八一，她一准会抽抽搭搭上好一阵子，弄得张守望心里也恓惶得很，便一遍遍地说：你有完没完了，八一不在了，咱们还有九月和彩云。张九月是他们的老二，也是个男孩，现在已经上初中了，张彩云是他们唯一的女儿，正在上小学。在张守望心里，张九月才是自己真正希望的孩子，生得虎头虎脑，一身气力，充满了活力。彩云是个女孩，从生下来就是一副小身板，更像她妈，说话也细声细气的。八一不在了，张守望把所有的希望都寄托在了张九月身上。

九月高中毕业那一年，又被送到了部队，这次，张守望听了马护士长的建议，没有把九月送到条件艰苦的北部边陲，而是送到了南方，一个叫昆明的地方。人们都说，昆明那地方好，四季如春。九月就从天寒地冻的北方，到冬天不冷夏天不热的昆明参军去了。

九月果然没辜负张守望的期望，参军后，第二年入党，第三年就提干了。提干后的九月回来一次，身子更加敦实了，脸庞被云南的紫外线照射得红里透黑。张守望就用力地把手掌拍在九月的肩上，反作用力震得他手掌麻酥酥的，他喜在心里，高兴在脸上，嘴里一遍遍地说：九月，你行了，像条汉子了。九月就咧开嘴冲父亲笑，骄傲地说：那是当然，没看我是谁的儿子。张守望就很幸福，眼睛笑成了一条缝，眯着眼睛打量着儿子。

1979年，更加著名的南部战事打响了，战斗打响前，北部的部队并没有闲着，除了战争动员之外，部队又一次被拉到了北部边陲。那会张守望已经调到军区后勤部任职了，李满田也当上了军区副参谋长，老邢和老徐已经退休。

这一次，李满田又找到了张守望，他仍没忘记汉江那场阻击战，这次李满田把话说得很正式，他说：老张，你我虽然不是年轻那会了，但我们又一次上前线了，你记住，我老李还是你坚强后盾，不论战场上发生什么事，我老李第一个会冲到你身边。

张守望眨巴着眼睛望着李满田，一字一顿地说：把你的兵力用到该用的地方，我张守望这里永远不会是最软的防线。在前线，两个老战友拥抱了一次，他们感受到了对方的温暖和情义，虽然他们不再年轻，战斗打响也不会冲在第一线，但两个战友，似乎已经嗅到了战场上硝烟的气味，这种大战在即的气氛让他们兴奋。

南疆战事，速战速决，并没有拖泥带水。九月的连队，是最后一支撤出战斗的，他们掩护大部队撤退，结果遭到了敌人的埋伏。在增援的部队受阻后，整个连队化整为零和敌人打起了游击，最后突围无望，全部阵亡。

张守望看到前线部队战斗总结时说过的话，九月所在的连队全部阵亡，连个尸体都没有见到。他把参加南疆战事部队的战斗报告拍到桌子上，大声地喊了一句：增援部队在哪里，怎么不去大部队接应，胡闹。他的手掌一次又一次拍到桌子上。当李满田又一次过来安慰他时，他冲李满田干吼着：这样的指挥员该上军事法庭。

九月又牺牲了，张守望已经欲哭无泪了。两个儿子，两场战事，恰巧，他们又都牺牲了。

九月的牺牲，让身经百战的张守望看到，儿子的牺牲完全是指挥员的责任，不仅让儿子白白牺牲，那是一个连队呀。他们在南方丛林里各自为战，直到弹尽粮绝，射出了枪膛里最后一粒子弹。九月的牺牲无疑是悲壮的，也是冤枉的。后来，他在全军的通报中，终于看到对那场战斗有了总结及教训，相关责任人，也受到了应有的处理。可九月再也不能复生，永远躺在了异域他乡的丛林里。

在南疆某县的烈士陵园里，他和马护士长看到了九月的墓，虽然只是一座空墓地，但他们仍然找到了寄托。儿子似乎就在眼前，冲他们憨憨地笑着，仿佛在说：爸，妈，儿子没给你们丢脸。

那一次，张守望和马护士长哭晕在儿子的空坟前。

四

张守望和马护士长失去了他们的两个儿子，张八一和张九月牺牲在共和国两场关键节点的战场上。

看惯了生死的张守望和马护士长，他们擦干眼泪，把无尽的哀愁和思念埋在心头，日子还得往下过。好在，他们还有一个女儿张彩云。张彩云这名字很普通，一如她的童年和少年，一副营养不良的样子，头发焦黄，一脸菜色，和那个年代经历过饥饿的孩子一样，到了少年也是瘦瘦小小的。自从上了高中后，人一下子就变得出挑了，女大十八变放在张彩云的身上一点也不过分。彩云不仅变成了大姑娘，身材和面容也与众不同。她和父母谁也不像，只像她自己。

张彩云上初中时，便被市文化宫的老师挑中了，每天放学后，她都要去文化宫练上两个小时的舞蹈。跳了几年舞蹈的彩云更加与众不同了，不仅胳膊腿和别的女孩子不一样，而且总是挺胸抬头地走路，在女生中她鹤立鸡群。

李满田家的老二李援朝和张彩云是同学，他们从幼儿园到上学一直在一个年级里。机关下班，正是父母上幼儿园接孩子的时间，李满田和张守望经常一起接孩子，他们在幼儿园门口经常各自拉住孩子的手回家。那会儿的李援朝个头比彩云高了半个头，精神面貌也大不一样，虎头虎脑的李援朝面孔像只苹果，彩云则像一只冻秋梨。李满田看了彩云就啧着舌头说：老张，你太偏心眼了，两个男孩让你养得跟铁蛋似的，怎么到了丫头这，就跟个稻草似的。

张守望听了，明显不高兴，拉长脸说：我又没向你家借米，孩子养得好坏和你啥关系。

李满田就说：和我肯定没关系，这和你有关系，你这是重男轻女呀。

说完拉着李援朝快步地向家走去，留下愣神中的张守望。

论偏心眼，张守望从内心里肯定是偏向八一和九月两个男孩子。两个哥哥穿小的衣服，又被马护士长改了改，穿在彩云身上。从幼儿园到小学，从服装上很难辨别出彩云的性别。有一次下课上厕所，曾被一年级的新生误认为是男孩子，在厕所里被轰了出来。一时间，在学校里被当成了笑话。

上了高中后的彩云，没人再敢小看了。那会她的两个哥哥，八一和九月相继着牺牲了，张守望满眼都是女儿了。他和马护士长把所有的爱都倾注到女儿身上。

有一天，李满田从司令部到后勤部串门，来到张守望房间，张守望正透过办公室的窗子往院内张望。李满田顺着张守望的目光望过去，先是看见彩云挎着书包正往家赶去，此时，正是学校放学时间，张守望的目光恋恋不舍地望着女儿彩云的身影远去。李满田看见了儿子李援朝在彩云身后不远处，也向家门走去。他一拍脑袋，心血来潮地冲张守望说：老张，要不咱们做亲家吧。

李满田的话吓了张守望一跳，他睁大眼睛不认识似的望着李满田。李满田不明就里地：咋了，是我们家援朝配不上你家彩云？

张守望摇着头说：你打住吧。

当时，两个人就是一句玩笑，说过也就说过了。直到几年后，两个人各自退休，李援朝和张彩云双双参军。他们之间真的擦出了爱情的火花，在一年春节两人一起从部队探亲回到家中。

一次李援朝在吃晚饭时，轻描淡写地端起碗，半只碗遮到脸上说：爸、妈，我和彩云恋爱了，想明年五一结婚。

李满田听了似乎早在自己的意料之中，当了几年兵的李援朝，已经是部队的排长了，理应恋爱结婚了，他和老伴对视一眼。老伴是地方纺织厂的一名女工，当年援朝参军时，老伴还不太同意，她希望援朝接自己的班，理由是纺织厂大都是女工，儿子若是到纺织厂上班，还不跟皇帝选妃子似的。李满田就笑话老伴，头发长见识短。最后把权力交给李援朝，让他自己去选择。

那会，张彩云已经被某军的文艺宣传队选中了，她即将要成为一名文艺兵了。李援朝笑嘻嘻地说：爸、妈，你们不用争了，要依我，我就参军去。

李援朝果然就参军了，和张彩云在同一支部队。刚当战士那会，李援朝和张彩云也一同回来休过假，两个人都是军人了，红领章、帽徽佩在他们胸前额头，照耀在他们青春的脸上，红扑扑的。休假的日子里，两个人也同出同进过军区大院，当时谁也没多想，他们是一起从小长到大的孩子，又一起参军，在一起见见同学，玩一玩，都属于正常。

那天，李满田的老伴也表态了：彩云那孩子不错，听说在宣传队都当上分队长了。说到这，又停顿一下道：不知人家爸、妈咋个想法。

李满田把筷子拍在桌子上，抹着嘴说：老张还能有个啥想法，子一辈父一辈的，他还挑啥。

李满田过于自信了，当张彩云羞涩地把自己和李援朝恋爱的消息汇报给自己的父母时，张守望“啪”的一下，把茶杯礅在茶几上，又拍了下自己的大腿说：我不同意。张守望这么快，几乎毫不犹豫地否定了女儿的爱情，大大出乎马护士长和彩云的预期，两人张口结舌地望着他。

张守望就武断地说：别问我为什么，我说不行，就不行。

彩云的爱情受到了腰斩，眼泪控制不住，稀里哗啦地从脸颊上滚落下来。

马护士长就说：老张你抽什么风，老李哪得罪你了，他们家的援朝我看挺好的，和咱们彩云知根知底，也般配。

张守望狠狠地瞪了眼马护士长，马护士长就噤了口，用手捂着胸口，惴惴地喘。

彩云把父亲张守望的意见告诉了李援朝，援朝也有些吃惊，他没想到，看着他长大的张叔叔会干预他和彩云的爱情。援朝也把张守望的意见婉转着告诉了父亲，李满田轻描淡写地说：别听你张叔胡说八道。你和彩云该怎么样还怎么样，你张叔的工作我来做。

两个年轻人高高兴兴就又回部队了。两个孩子前脚一走，李满田就找到了张守望，他还在自己家里提了两瓶酒，叫上了老邢和老徐，四个人到饭店喝了一回酒。酒过三巡之后，李满田把杯子放下来，满脸带笑，半开玩笑着冲张守望说：守望，你这么办事不对呀。

张守望明白盐从哪咸，醋从哪酸，也放下杯子，认真又大声地说：我说的话是认真的，不是开玩笑，你家小子和我家丫头不合适。

两人如此这般，老邢和老徐也觉得事态严重了，纷纷侧目看着两人。

李满田就一拍大腿说：守望，你让两个老首长评评理，我李满田哪对不住你。

张守望就挥挥手说：咱不说那些，反正，让彩云嫁给援朝我不同意。

接下去的酒喝得就变味了，越变味，张守望和李满田两人还比赛似的喝，你一杯我一杯，弄得老邢和老徐两头劝。两个人较上了劲，仍一杯接一杯地喝，喝到最后，两人摽着膀子相互搀扶着走回干休所。老邢和老徐见两人这样，说了一团和气的话就各自回家了。两人在楼下的凉亭里并没有走的意思，相互凝视对望着。

李满田把外衣甩在膀子上，怒气冲冲地：守望，说吧，这里也没外人了，我李满田这辈子怎么你了？

张守望挥了下手：不说别的，就说那次汉江阻击战，我们营打得那么艰苦，最后就剩下十来个人。阵地都丢了，要是没接到撤退命令，我就得上军事法庭。

李满田：张守望，为这件事，你都纠缠大半辈子了，你有意思吗？我们营最初是作为预备营，可战斗一打响，我们就补缺上了阵地呀，这事老邢、老徐可以做证，是他们交给我的任务。你们营剩下十来个人，我们营也不比你多多少哇。阵地白天丢了，晚上又夺回来，拉锯似的争夺了好几回，这事你又不是不知道。

张守望又挥下手：李满田你少扯这个，一营你支没支援？当初一营阵地就要失守了，你派出一个排，又把阵地夺回来了。我这呢，你派出过一兵一卒吗，当时我们阵地成了绞肉机，人都拼光了，剩下几个伤兵在战斗，我多么希望你派给我一兵一卒哇，可你派了吗？

李满田生气了，甩了下手道：张守望你这话说得太没意思了，当时各营之间的电话线都炸断了，电台也呼叫不上，咱们都各自为战。当初，要是接到你求救信息，就是我自己阵地不守了，我也会派兵增援你。

你听不见，眼睛还看不见呢，我们营的阵地就在你的左前方。距离还不到一公里，我们都守不住了，我看你们阵地还打冲锋，战壕里能动的还有几十号人。哪怕你支援我一兵一卒，我们营也不至于打得那么惨呢。张守望似乎又说到了伤心处，蹲下身子，哀哀地哭了。也许是酒精的作用，张守望哭得伤心无比，痛彻心扉的样子。

他这一哭，也勾起了李满田的伤心往事，似乎又回到了炮火连天的汉江阻击战，一个又一个战友在他面前倒下，他也伤心欲绝地哭了起来。两个离休老人蹲在地上，在那个夜晚，娘们似的哭了一气，又哭了一气。

不知过了多久，不知谁先站了起来，另一个也站了起来。各自擤了鼻子。张守望嘟着声音说：李满田是你对不住我，让我丢了阵地，我记你一辈子。

李满田也上来脾气：你记就记，小肚鸡肠。

两人各自就散了。

从那以后，两人见面就争执，每次争执的话题都是从汉江阻击战展开。老邢和老徐自然也是当事人，是他们的团长和政委，对两人各打五十大板。批评张守望丢阵地肯定不对，也说李满田在和友邻部队失去联系的情况下，没能随机应变。但话说回来，战场上的事情千变万化，都由不得自己。老邢和老徐在战斗最关键时，带着炊事员、卫生员和警卫员不是也冲上了阵地吗。

老邢和老徐把话说得很中性，并没有责怪两人的意思。上级也没有追究他们。就是汉江阻击战，让他们五十军一战成名，一扫笼罩在他们起义部队头上的阴霾。那一战让他们军几乎失去了番号，回国休整时，才源源不断地补充进了新的兵源，一支崭新的军又重新集结在世人面前。

张守望也惊奇自己，对李满田怨恨的情结不知为什么，这么深又这么久。在风平浪静的日子里，两人几乎是无话不说的好朋友，从部队到军区，后来，他们各自又离休住到了干休所。可不知为什么，人老了，总是爱做梦，梦境又一直纠缠在汉江阻击战，每次做梦都是走麦城，阵地丢了一回又一回。或许当时自己对预备营期望太高，那场战役真是让人绝望呀，阵地上丢弃的满是枪支和尸体。敌人攻上来了，满地的武器，就是没有足够的人去射击。眼见着敌人越来越近，攻势越来越猛，可阵地上的枪声只是零星地响着。他一次又一次回头，多么希望这时杀上来一批援军呢，这股有生力量，冲进阵地，那将是怎样一股力量，敌人一定丢盔弃甲。可是他张望了，在心里千遍万遍地把李满田呼唤了，可援军一个也没有。通往阵地后的小路静静的。在绝望中，他喊叫着冲出阵地和敌人展开白刃战。

每次从梦境醒来，脸上都是湿的，一摸是泪。也不知从何时起，他开始滋生对李满田的不满。可白天一到，一见到满脸是笑的李满田，还有老邢、老徐，他的心又软化了，一遍遍地想，他们是多么亲近的战友哇。在白天，他几乎原谅了李满田的一切，可到了晚上，一入梦，这种心结过不去的坎，又一次纠结在了胸口。张守望也不知自己到底是怎么了。

五

当李援朝和张彩云又一次从部队探亲回来时，两人在部队开好了结婚登记介绍信。只等登记结婚了。

李满田提前接到了儿子的来信，新房已布置妥当，一副张灯结彩的样子。李满田和老伴忙活了一阵，又忙活了一阵，在儿子即将回来的前两天，李满田终于忍不住，下楼来到干休所院内的凉亭里，找到了张守望。老邢和老徐在下军棋，张守望在一旁做着裁判。干休所院外的大街上，经常可以看到三五个不老不少的老头，围在一起下象棋，吆五喝六，全民参与的样子。干休所的离退休老干部则反其道而行之，他们不下象棋，而下军棋，相互背着对方排兵布阵。行营、兵站、司令、军、师、团各种首长听从自己调遣，你派一个师，我派一个团，在双方阵地上对子厮杀。李满田平时也爱下这种军棋，每一盘都要重新排兵布阵，然后像一位指挥官一样，源源不断地把自己的千军万马派上战场。最惨烈时，只剩下个别的一些营团职干部了，便在阵地上收缩防守，在几条要道处，做最后的坚守，把大本营中的军旗护住。谁的军旗被扛走了，便只能弃子失败了。为了自己最后的阵地，双方绞尽脑汁，拼力派上自己最强的火力来抵御对方的长驱直入。以往，李满田和张守望也经常在棋盘上对垒，两人互有胜负，张守望每次输了棋，总是不依不饶的样子，抓起棋子吵吵嚷嚷要再来一盘。有时都过了吃饭时间，张守望仍然不依不饶，缠着李满田再杀一盘，输了想扳回，赢了想再赢下去。李满田就说：守望，你这是何苦呀，饭菜都凉了。张守望神情严肃地：我要不赢上这一盘，晚上睡觉都不踏实。然后两人执子，再次厮杀到一起。

这几天李满田为了儿子的婚房，已经好几天没到凉亭里来了。这次他出现，一副喜不自禁的样子，冲着三位老战友说道：下完这一盘，你们跟我走。

老邢和老徐就抬起头，疑惑地打量着李满田，老邢就说：满田，你是不是想请我们喝酒哇？

李满田就说：酒是必须要有的，你们跟我走吧，到了就知道了。

老徐就把棋盘一推，终结了厮杀一半的棋局，拍拍屁股说：走，看看满田和咱们卖什么关子。

两人一走，张守望自然也一起跟上，三个人来到了李满田家里。李满田把家里的主卧腾出来了，房间被粉刷一新，床呀，桌椅什么的，自然也是从家具市场上新购的，老伴正在往窗子上贴着喜字。

老徐、老邢就打着哈哈说：咋地，家里有喜事呀。

李满田望眼张守望就说：可不，援朝马上就要探亲了，回来就结婚。

张守望就很警觉，把李满田拉到一旁正色地道：你家援朝要结婚，这是要和谁结呀？

这次轮到李满田发怔了，他怔怔地望了半晌张守望，疑惑地打量着他的表情，把嘴巴凑近张守望的耳朵，为了让未来的亲家听得更真切一些，还把手扩成喇叭状道：亲家，你别装糊涂，我家援朝和你家彩云结婚。他们明天就回来了。

张守望顿时变了脸色，鼻子不是鼻子，脸不是脸地道：你家援朝想娶我家彩云，你休想，别做白日梦了。说完也不解释，打开门“噔噔”下楼了。留下一屋子迷惑不解的人。

去年李援朝和张彩云双双从部队回来探亲，公开了两人的恋情，虽然遭到了张守望一意孤行的反对，但两个年轻人并没往心里去，觉得这都什么年代了，父母干涉婚姻自由这种事怎么也不会轮到自己头上，况且，各自的父亲都是老战友，平时的关系又密切得跟一个人似的。他们一直认为，张守望就是一时心不顺，胡说八道而已。两人回到部队之后，该干什么干什么，不仅热恋，还做好了来年探亲完婚的准备。

当李援朝和张彩云两个年轻人，欢天喜地回到家准备完婚时，张守望闹了一出轰动整个干休所的幺蛾子。

张彩云回家的当晚，他就逼迫彩云交出了从部队开出的结婚登记证明，当着彩云的面，一把火把那张证明给烧了。全家人都愣了。彩云更是不能接受眼前的现实，她扑在母亲的怀里，凄惨地叫了声：妈，我爸这是要毁了我一生的幸福呀。

马护士长眼见女儿悲痛欲绝，她又想起了八一和九月两个牺牲的儿子，悲从中来，冲张守望大喊一声：老张，咱们家就剩下这一个闺女了，你闹的这是哪一出呀。

马护士长自从在长春被围困时认识了张守望，直到最后嫁给他，一直对丈夫百依百顺。彩云还小时，她把女儿抱在怀里，就一遍遍地说过：你爸是个好人，当初要不是你爸给我的窝头，妈妈就饿死了。马护士长一直感恩张守望救了自己一命，后来嫁给张守望，她一直怀着一颗感恩的心。一口气为张守望生了三个孩子，又把他们哺育成人，送到了部队上。八一和九月相继着牺牲，这对一家人的打击可想而知，好在他们还有一个女儿。豆芽菜一样的女儿最后长成了饱满俊俏的大姑娘，他们又把她送到了部队，两人的爱也都给了女儿。没料到在女儿的婚姻上，张守望做得这么决绝和不近人情。

彩云崩溃了，马护士长也做出一个惊人的决定，她要和张守望离婚。当天晚上她就带着女儿离开家门，住到了军区招待所。

张守望烧毁了女儿的结婚登记证明，马护士长和张守望闹离婚，很快就传遍了干休所。干休所里住的都是军区离退休老战友，他们活了大半辈子了，生生死死各种稀奇古怪的事都见过了。张守望做出这种不可理喻的事情，他们还是第一次听说。于是轮番登上门来，来做张守望的工作，冲在前面的自然是老邢和老徐，他们是最亲近的战友，也一直是张守望的老上级。

老邢一见张守望就拍着手掌说：守望，你这是闹的哪一出呀。

张守望坐在沙发上，两眼望着窗外，不说一句话。

老徐当过政委，政治教育和开导人的理论总是一套一套的，这次他坐到张守望的身边，把手搭在张守望的肩上，慢条斯理地说：满田家的援朝不够优秀吗？张守望摇头，老徐就又说：李满田是你的战友，这么多年，我们都在一起，是不是满田不够好？张守望迟疑一下，又摇头。老徐就说：援朝和彩云在一起很般配，两个年轻人恋爱结婚是他们的自由，我们老一辈的不能干预。现在都什么年代了，守望呀，咱们不能越活越抽抽哇。

张守望流泪了，老徐以为自己做的工作有效果了，他还想再接再厉地说下去。只见张守望抹了一把脸上的泪，吼叫般地说：彩云嫁给谁都行，就是不能嫁给满田家的援朝。

老邢和老徐还没缓过神来，李满田从门口挤开围在一起的老战友，撸胳膊挽袖子地闯进来，站在客厅中间位置上，指着张守望道：姓张的，你别把事情做得太绝了，这么多年我李满田哪对不起你了。就是我得罪你了，你冲我来，朝两个孩子使什么劲。你说说，你这么做有劲儿吗？

张守望也站了起来，血红着眼睛，盯着站在面前的李满田。老邢和老徐以为张守望要和李满田拼命，便一人拽住他一只胳膊，不料，张守望一下子跪下了，声泪俱下地：满田这次算是我对不住你，我能说服我这个人，可心不依呀。说到这，还要做出磕头的样子，被老邢和老徐拦住了。

李满田也双眼含泪，上前把张守望扶了起来，深也不是浅也不是地：守望你这是何苦，你的心咋就那么冥顽不化呀。

所有的战友都熟知张守望，但没人能看透他的心。不论谁出面，张守望就一口咬定，不同意彩云嫁给援朝这件事实。

战友们出面做不通他的工作，干休所的领导轮番出面，最后也不了了之。

援朝和彩云结婚未遂，两个孩子还没结束假期便归队了。带走了满腔的不解和遗憾。

马护士长那次在军区招待所一口气住了一个多月，最后还是老邢、老徐和李满田共同出面，才把马护士长劝了回来。那阵子，张守望谁也不理，人变得飘飘忽忽的，出门办事总是溜着墙根走，从不和熟人正视。遇到有人和他打招呼，他也像没听见一样。

那场风波平息之后，老邢、老徐、李满田等战友再聚在凉亭里时，议论得最多的仍然是张守望。老邢就感叹道：汉江那场阻击战，不仅炸坏了守望的耳朵，脑子也被炸坏了。老徐也不禁忧伤地下了结论：守望脑子不坏，他不会做出这种荒唐不可理喻的决定。然后回身又捉住李满田的手说：满田，原谅守望吧，看在咱们这么多年战友的情分上。

李满田已经没有理由可找了，他也坚信张守望的脑子坏掉了。他们是情同手足的战友，原谅不原谅又能怎样，但一想到援朝离开家门时，那欲哭无泪的眼神，他的心还是一剜一剜地疼。不仅是为援朝，也为自己的战友张守望。

当张守望又一次溜着墙根，低眉顺眼正准备走掉时，被李满田给捉住了，扯着他半个膀子把他拉到凉亭里。从那天开始，他们又在一起下棋了，只不过，没人再提起两个孩子的婚事了。仿佛那是个禁地，不慎迈入，便会硝烟四起。

又过了两年，彩云又一次探亲时，经别人介绍，认识了郭家华。郭家华是大学毕业生，在省里的设计院工作，父母都是公务员，根红苗正的样子。这次张守望没再提出异议，两人很快平静地结婚了。

彩云结婚两年后，李援朝也结婚了，女方是军区总院的一名护士。关于两个孩子的结局，暂时告一段落。又不久，彩云从部队转业回来，分配到了市文化馆工作。援朝仍在部队上工作，每次回来休假，偶尔会在干休所院里某一处碰上回家探望父母的彩云，两人会站在那里，心平气和地说上一阵子话，然后两人就擦肩而过，忙各自的去了。

李满田有时看到儿子和彩云如此这般，就想，要是援朝和彩云在一起，又会是个什么样子呢。他想象不出，只能摇摇头，叹口气，从窗前离开，心里便有种情绪沉甸甸地坠在胸口。

张守望也会偶尔看到援朝和彩云站在一起说话的样子，他总是把视线移开，紧走几步，用力地捶打几下胸口，眼泪止不住，总是模糊了双眼，然后在心里说：我脑子坏掉了。就是坏掉了。他这么一遍又一遍地说服自己。

六

张守望究竟脑子坏没坏掉，他自己也说不清了。

那一次，在李援朝的婚礼上，张守望喝得大醉，最后被人抬回家里，许多年过去，人们仍然记得张守望的那场大醉。

先是彩云找到了现在的丈夫郭家华，然后从军宣传队转业。大概两三年后，李援朝才从军里调回到了军区机关。援朝的女朋友也是热心的战友帮忙介绍的。最初李援朝和王护士处得漫不经心，有时十天八天也不见一次面，军区总院和军区并不远，坐车也就两三站地的样子。有一个周末，李满田站在自家窗前看到了张彩云和郭家华走回干休所的身影。彩云结婚之后，就搬出去住了，但每个周末都要回到娘家坐一坐，或吃上一顿饭。

彩云走在前面，郭家华手里提着一袋水果走在后面，两人并不说话，一前一后地走着。在这之前，李满田和老伴已经多次看到过彩云回娘家的场景了。每次纺织女工出身的老伴看到这样的场景都会说：彩云人家都结婚两三年了，咱们援朝还没着落呢。每次听老伴这么说，李满田心里都会冒出一股无名的火气，又无处发泄。每每这时，他就会走出家门，来到院内的凉亭里，拉上张守望去下棋。每次的棋局他都势如破竹的样子，没有迂回，甚至没有战术，把司令、军长、师长们都排在阵地的最前面，一阵猛冲猛打，杀得张守望的阵地上狼烟一片。有时，张守望只有接招之力。有几次，张守望已经弃子认输了，他仍然不依不饶，只给张守望留下一兵一卒与他周旋。连下了几盘棋之后，看到张守望的一张脸从红润转为蜡黄，肚子里那股火气才消了些。把棋盘一推，背着手说一句：不玩了。留下张守望和老邢、老徐等人发怔。受到伤害的张守望便拉老邢再来一盘，希望在老邢身上把受到伤害的心缝补起来。

那个周末，看到彩云回到娘家，他的无名火气又蹿了上来，便对援朝说：你谈的那个王姑娘到底怎么样了？

援朝正坐在桌前看书，头也不抬地说：就那样。

李满田心里的火苗已经到处乱窜了，他走过去，在援朝的桌子上重重拍了一下道：我给你个任务，今年年底前，你必须结婚，和谁结我不管。

援朝吃惊地抬起头，注视着父亲。在自己的婚姻大事上，援朝还是第一次见父亲发这样的火气。

两三个月后吧，援朝和总院的王护士结婚了。王姑娘叫婷婷，是南方人，人和名字也差不多，虽然不如彩云那般水灵，也算是亭亭玉立的样子了。按李援朝和婷婷的意思，他们结婚不想操办了，去南方婷婷家看一看，再旅游几天，就算结婚了。但李满田坚决不同意，不仅操办，还要大办，扬言把干休所认识的叔叔阿姨都要请去。

援朝的婚礼是李满田亲手操办的，结婚日子定下后，他去订酒席，又亲自写请柬，然后挨家挨户地去送。每次把请柬交到对方手里，都会大声地交代一句：我家援朝结婚了，老战友都去捧场呀，一定去呀，不去我可真生气了。一家家送，一户户说，最后整个干休所就都知道援朝要结婚了。

结婚当天，李满田把老邢、老徐、张守望等人安排在了一桌上。老邢作为长辈当了证婚人，婚礼的程序很简单。两个新人上台说了几句感谢感恩的话，证婚人上场宣读一段婚礼证言。接下来，婚宴就开始了，酒自然是少不了的。李满田拉着老伴，招呼着援朝和婷婷，挨桌敬酒，那架势似乎不是儿子结婚，反倒像自己的大喜事。他端着酒杯一路吆喝着：援朝结婚了，我替援朝敬大家，感谢叔叔伯伯们。然后仰头喝光了杯中的酒。婷婷一边给他倒酒，一边小声地说：爸，你少喝点。他摆摆手：爸今天高兴，喝不醉。

张守望望着穿梭在酒桌间的李满田，自己喝着闷酒，也一杯连着一杯的，然后又抽空敬同桌的老邢和老徐。老邢老徐几杯酒下肚之后，就说了几句抱怨张守望的话。先是老邢说：守望呀，要是你家彩云和援朝结婚该多好，你们就是亲上加亲。老徐也说：可不是，都怪你脑子坏掉了，把一门好亲事给折腾黄了。

张守望不论谁说他，他都要喝杯酒，然后赔礼般地说：我张守望认罚。一仰头，把一杯酒喝得精光。

整个婚礼现场的确也没有外人，军区总医院来了两桌，然后就是军区机关的一些参谋干事，剩下的大都是干休所这些离退休老人了。大家平时很难这么齐全地凑在一起，因为援朝的婚礼，大家聚在了一起，相互敬酒，推杯换盏地相互敬着。人们轮流来到张守望这桌时，看到张守望都会怔一下，彩云和援朝当年的事，整个干休所的人都知道。如今援朝结婚，又看到张守望，熟络一点的人就拍着张守望的肩膀说：老张，当初你不那啥，多好。不太熟，平时又少来往的人也会含蓄地说：老张，哈哈，啥也不说了。不论别人说什么，张守望都会把酒杯里的酒一口喝干，然后赔着笑脸道：我老张认罚。

酒宴还没结束，当李援朝带着婷婷走过来敬酒时，张守望摇晃着站了起来，援朝就叫了句：张叔，你坐。我来敬酒。

张守望就捉住李援朝的一只手，没说话先红了眼圈，他哽着声音大声地说：援朝，叔对不起你呀。

说完倒仰着，摔到了地上，与此同时，呕吐物像箭似的喷射出来。张守望只来得及说了这一句完整的话，便醉得人事不省了。众人七手八脚地把张守望抬回到干休所的家里。

第二天一早，老邢、老徐和李满田结伴去看张守望，张守望还在床上躺着。酒劲仍没过去，但脑子已经清醒了，嘴里一遍遍地说：赔罪了，真不好意思。他嘴上说的赔罪，不知是因为醉酒还是另有所指，只有他自己明白了。

三天后，张守望又从楼门洞里走出来，来到凉亭，吵吵嚷嚷地张罗着和人下棋，又恢复到了以前的样子，似乎什么也没发生似的。

援朝婚礼没多久，人们发现有一阵子彩云搬回到家里来住了。上班时走出去，下班时又准时回来，然后把自己关在屋内，便不再下楼了。以前彩云偶尔也会回家住上三两天，原因是郭家华出差，她抽空回到娘家住上几日。这一次不同，彩云一连在娘家住了许多日子还不见走。

张守望那些日子也显得魂不守舍的，脸色泛黄泛灰，头发蓬乱，下棋时也总显得心不在焉，总是被老邢、老徐杀得片甲不留。

马护士长每天买菜情绪也不高，心事重重的样子。以往她路过凉亭，只要老邢、老徐一声召唤，她就会到凉亭这里坐一坐，大家都是多年的老熟人，唠上几句眼下或以前的事。现在，马护士长走路只看自己的脚尖，别人喊她，她也似乎没听见一样。

一日下午，老邢、老徐端着茶杯走到凉亭里，张守望蔫头耷脑地走过来，老徐把张守望拉到自己身边坐下，郑重地说：守望，你说实话，是不是家里发生什么事了？张守望望眼老徐，又望眼老邢，把话都准备到嗓子眼里了，最后又想咽下去。老邢看出了他的心思，盯着他的眼睛说：守望，咱们老哥几个在一起可大半辈子了，生呀死呀都经历过，你不和我们说实话，那就是信不着我们老哥几个。

张守望绷不住了，未开口，泪先流下来了。抽泣一会说：彩云想离婚。

彩云躲回家闹离婚的事很快就从干休所内传开了。彩云闹离婚，没人知道为什么，但都不自然地想到了刚结婚的援朝，可援朝已经结婚了。究其原因，人们不得而知。

一天傍晚，李满田下楼遛弯，碰到了张守望，他似乎早就在这里埋伏好了，专门等李满田出来一样。果然，他拉着李满田说：咱哥俩出去走走。两人走出干休所大门，来到了一条林荫路上。张守望突然停下来，望着李满田道：满田，求你件事，你让援朝劝劝彩云，让她回家过日子。

李满田知道张守望拉他出来，一定有事要说，但不知道他竟会提出这种要求。半晌才道：让援朝出面这合适吗？

张守望就哀求道：彩云就是因为援朝才提出要和家华离婚的。

李满田更不解了：可援朝结婚了，他们俩已经没可能了。

张守望就眼泪汪汪地说：可彩云心里这个坎过不去呀。

李满田不说话了，手扶着一棵树，望着马路上的车流和人流，好久才转过身问了一句：守望，你和我说句实话，当初你不同意援朝和彩云在一起，到底为了什么？

张守望说不出话，嘴张成了洞，目瞪口呆地望着李满田。

李满田就又说：还是因为汉江那次阻击战，我没有派人增援你？

这时张守望似乎才灵醒过来，摇了摇头，又点点头。

李满田又叫了句：守望，这里就咱俩人，你能不能和我说句实话，咱们这岁数都快一辈子了，不能让我带着糊涂走哇。

张守望抱着脑袋，做出痛苦状，蹲在地上，一遍遍地说：我脑子坏掉了。

那次几天后的一个周末，文质彬彬的郭家华把彩云又接走了，郭家华在前，彩云在后，在那个周末，许多干休所的人都看到了这一幕。

援朝见没见彩云，见了又说了什么，只有两个人知道。但不论见与没见，彩云婚没离成，又回去和郭家华过日子去了。

又是不久，彩云和援朝都有了孩子，他们周末带着孩子回到干休所，在楼下的花园里，两个孩子经常会玩在一起。带孩子的援朝和彩云，他们相距几步的距离，目光投向玩耍中的孩子，有一搭没一搭地聊上几句天。没人知道他们聊的是什么内容。

七

张守望走了，走得让人猝不及防，干休所都是离退休的老人，每年都会走几个，有的在医院里，有的在家里。每次有人走了，这些老人都会聚在一起，神色凝重地议论上一阵子，然后回忆起诸多生前细节种种，感叹上一阵子，日子还得过，平静了一阵，就也没什么了。但张守望走了，李满田心里就像破了一个大洞，怎么补也补不上，到处漏风，空空荡荡的。

凉亭里，那副军棋仍然在石桌上摆着，李满田再也没有碰过，老邢和老徐似乎也失去了下棋的兴趣，目光不经意落在棋盘上，又离开。

一片树叶从树上落下来，悠悠荡荡地落在眼前。

老邢就叹口气：都秋天了，守望走了也有半年了。

老徐扭过头，看着那片落在附近的树叶，也悠长地叹口气。

李满田又想哭，心里破了的洞装满了秋天的风。他又想起了自己做的梦，年轻的张守望从硝烟里走出来，军装被火烧焦了，还冒着缕缕青色的烟，他哭丧着脸冲他说：满田，你见死不救，为什么不来支援我呀，哪怕一兵一卒也好哇……反反复复的梦，总是纠缠着李满田。每次从梦里醒来，心里的那个洞又多了一缕风。醒来便再也睡不着了，关于张守望的往事一件件地在眼前回放着，一帧帧的，清晰得就像放电影一样。

他把自己的梦和老邢、老徐说了，两人默了一会，先是老邢说：还是守望最想你，总在梦里找你。

老徐也说：你和守望，没白做一次搭档。

李满田还是觉得委屈：可守望到现在还在埋怨我。说到这，又要哭出来。

老邢就说：满田，梦都是反的，别往心里去。

李满田眼睛潮湿了一下：可他活着时也这么想的，只是嘴上不说。

老徐说：守望脑子坏了，他有些事记不清了。

李满田把目光从两人脸上扫过：你们两个给我做证，汉江阻击战，我没接到支援守望阵地的任务。

老邢就说：我和老徐都给你做证，战斗一开始，你们预备队就上去了，那仗，是咱们经历的最残酷的战斗。伤兵都来不及抬下阵地，电话线刚接上就被炸断，各阵地都失去了联系。

老徐目光似乎也穿越到了过去：有一次，电话线被接上了，守望的电话就打进来了。他在电话里让我派兵增援他们的阵地，他告诉我，他们的阵地还剩下不到一个排的兵力了。我告诉他，一个多余的人都没有了。话还没说完，电话线就又被炸断了，也不知守望听没听到。

老邢清清喉咙，似乎想打断老徐的话：不说了，一回忆我这心就疼。

然后三个人就沉默下来，时间似乎也停滞了。阳光静静地在凉亭外流淌着，坐在凉亭里的三个人，似乎成了雕塑，久久不动一下。

那边都有谁了？老邢突然开口了。

两个人心里都一震，目光虚虚地望着老邢那张皱巴巴的脸。

老邢说的“那边”，两个人心里自然知道指的是什么，老徐就掰着指头：有老马，老刘……还有守望。十个手指头不够用，又开始数第二次手掌了。他们相互补充着，猛然发现，自从住进干休所后，已经有十几位老家伙不在了。

他们的思路像断了线的风筝似的，飘来荡去的。

李满田就说：守望不知到了那边，脑子好了没有。

老邢笑了，老徐也跟着咧了咧嘴。

老邢就说：也怪了，你说守望这个人，什么都记得明白，就是汉江阻击战，把没有支援他的责任归到了满田头上。

老徐突然拍了下大腿，他这一举动吓了两人一大跳，老邢就责备道：你这一惊一乍的，抽风啊。

老徐不仅拍了腿，还拍了下脑门才说道：我明白了。说到这，又把话停住，瞅着两个人。

老邢用脚踢了一下老徐的腿，责备道：老徐，你越老越神叨，明白啥你就说呀。

老徐夸张地用手在胸前比画一下才道：我打个比方啊，咱们任何人，遇到最困难的事，首先想起谁？

老邢望眼李满田，李满田望眼老徐又望眼老邢，不明就里地摇摇头。

老邢盯着老徐道：快说吧，你都把人急死了，又打比方，又讲理论的。

老徐这才说：一定是身边最亲近的人。

李满田听了这话，心里呼啦一下亮了起来。

老邢搓了下手：老徐，你这话有道理，我信。

老徐咧开嘴：我也是刚想明白。为啥守望老是出现在满田的梦里，而咱们一次也梦不到。满田，守望的心里，你是他最亲近的人。

李满田已经泪流满面了。他任凭泪水在脸上淌着，最后汇到下巴上，孩子似的抽搭着。老徐的话一下子让他想通了，他以前一直认为守望的脑子坏了，时不时地怪罪他。照老徐的解释，守望把他当成了最亲最近的人。

再次入梦时，张守望又如约而至了，还是那个神情，盯着他说：为啥不来支援我……这回，梦有了下集，他率领着全营，迎着守望跑过去，高声喊叫着：守望，援军来了。他的身后是一个全副武装的营，军旗在风中猎猎飘舞。张守望脸上绽放出满意的笑容，转过身，在前面引路。他们冲上了硝烟弥漫的阵地，枪炮声和喊杀声从四面八方传来，他们和攻上阵地的敌人战斗到了一处。这是他们最后的阵地，坚守住就是胜利。

李满田再次醒来时，天光已亮了。他从来没有如此酣畅。仿佛刚从阵地上凯旋。

一　诺

一

母亲在电话里说：你李婶快不行了，你应该回来一趟，送送你的李婶。

我回到干休所时，才听说李婶走了之后，白叔要把走后的李婶送回老家，与前夫合葬在一起的决定。

白叔娶李婶是因为李婶的丈夫牺牲在了朝鲜战场。在铁原阻击战，李婶的丈夫便再也没有回来。战争结束后，白叔赶到李婶老家，软磨硬泡，把李婶连同她刚出生的儿子大川一同接到了部队，在首长的主持下，他们举行了婚礼。从那以后，白叔就和李婶成了一家人。

我赶到医院时，李婶似乎真的不行了，身上插满了管子，还戴着氧气面罩。此时，她人是清醒的，睁着眼睛，把目光定在白叔的脸上，虽然她床边围满了亲人，有大川一家，还有白立春一家，这是她前后生养的两个孩子。此时，他们早已成家立业，并有了他们自己的孩子。两家人齐聚在李婶的床前，她却把目光定在白叔一个人的脸上。

白叔的样子很平静，一只手握住李婶从被子里伸出的手，李婶的另一只手还搭在白叔的手上。白叔说：老李呀，我一定要把你送到宋营长身边，他都孤单这么久了，不能没个伴。白叔说到这时，眼里有了泪光，我发现李婶的眼圈也红了。她没摇头，也没点头，目光就死死定在白叔的脸上，目光有力，似乎要在白叔的脸上砸下一个坑。

我看见大川低着头，一直在流泪，泪滴挂在唇边的胡须上，形成了一坨。立春背过身子，肩膀耸动着。对白叔的决定，我也竟一时不知如何是好，呆怔地望着眼前的一切。

白叔和李婶的故事，还得往前捯。

李婶的第一任丈夫姓宋，抗美援朝战争爆发时，是名连长。几次战役之后，先是副营长牺牲了，他火速担任了副营长，后来营长又牺牲了，他又成了营长。从第一次战役到第五次战役，宋营长所在的六十军早已伤筋动骨。每次战役下来，都有新兵补充进来，可那些老兵却永远地留在了朝鲜战场。

铁原阻击战打响前，白叔是副营长，他也是从排长一路升迁过来的。铁原阻击战是在猝不及防中发生的，白叔所在的六十军，在第五次战役中，穿插到了三十七度线。李奇微率领的联合国军，抓住了志愿军阵线过长，后方补给不足的缺点，展开了反击。誓言要把志愿军的主力部队消灭在三十八度线以南。志愿军司令部已经察觉到了敌人的阴谋，早一步下达了全线撤退的命令。

联合国军抓住了志愿军全体后撤的漏洞，派出了机械化师，穿插到我军身后，要攻占铁原。铁原是我志愿军的后方补给站，这里不仅有补给，还有许多战地医院，志愿军司令部也在铁原附近。如果志愿军失去铁原，就像把咽喉暴露在敌人的铁爪之下。

白叔所在的六十军奉命后撤到铁原附近，美国的机械化步兵师离铁原已近在咫尺了。志愿军司令部得知敌人偷袭铁原的阴谋时，铁原附近已再无其他部队了。志愿军司令彭德怀想起了撤到附近的六十军。第五次战役一打响，六十军便伤亡惨重，原本奉命撤离休整的。无奈之际，六十军接到了阻击敌人的任务，他们的任务是阻击敌人十五天，让驻扎在铁原的后勤部门有充裕的撤离时间。

缺弹少粮的六十军在匆忙中和美军机械化步兵师展开了遭遇战。为了阻击敌人，保存有生力量，六十军采取了添油战术，把所在的部队，星罗棋布地布置在各个阵地上，且并不把全部主力摆上阵地，设立了若干预备队。当第一梯队拼光了，梯队再续上，继续和敌人的飞机大炮拼杀。

战斗到第十天时，白叔所在的营几乎拼光了家底，全营剩下还不到八十号人马，还有若干来不及撤下的受伤的官兵。在这期间，阵地白天丢失了，晚上打反击又夺回来，战斗的惨烈程度，把阵地比喻成绞肉机一点都不过分。所有坚守在阵地上的官兵，都掰着手指头算计着时日，都希望第十五天快点到来。当坚持到第十二天时，白叔所在的营，只剩下屈指可数的二三十人了。许多伤员也上了阵地，他们不能射击投弹，便为能打仗的兄弟们装填子弹。

最后一场战斗打响时，宋营长找到了白叔，两个人早就烟熏火燎得不成个样子了，军装上的破洞像渔网一样，裸露在外的皮肤泛着斑斑血迹，不知是自己受了伤还是受伤战友的，就连他们双眼里的血丝都通红一片。用一句“杀红眼”来形容他们一点不为过。宋营长找到了白叔，把一张写有家庭地址的纸条递给白叔道：兄弟，这是我家地址，和我老婆的名字，若是我不在了，请你帮忙照顾他们。白叔接过纸条，郑重地揣在怀里，还用手按了按。也拿出一张同样的纸条，递给宋营长道：营长，这是我的地址。停了停又说：要是能找到我爹我妈，就告诉小菊别再等我了。小菊是白叔的未婚妻，抗美援朝爆发前，白叔回家探亲，父母帮他说下的，还没来得及结婚，便接到了归队的命令。

两个战友在那天清晨的阵地上，相互托付了身后的大事。他们都不知道，新的一天战斗打响时，谁还能够幸存下来。这十几天下来，他们看到了太多战友躺在他们面前了，前一秒还和自己说话，一扭头的工夫，战友便倒在了自己的面前，甚至来不及说上一句话。

宋营长搜遍全身，掏出皱巴巴的烟盒，摸索了一阵从里面掏出两支同样皱巴的香烟，递一支给白叔，笑一笑，哑着声音说：兄弟，这是最后一支烟了。说完他还笑了笑，露出一口白牙，烟熏火燎的周身，只剩下一口白牙还算是干净的。两人还没把那支烟吸完，敌人的炮弹就排山倒海地在阵地上炸响了。

宋营长把烟头扔在自己脚下，扯着哑嗓子喊了一声：白副营长，你带人守左边的阵地，我上右边。两个人甚至都没来得及再握一下手，便带着剩余的人冲上了各自阵地。炮弹的爆炸声、刮风一样的枪声搅和在一起，世界末日又一次光临到了他们的眼前。

最后一天的战斗，宋营长再也没有站着离开阵地，他们坚守到第十三天时，接到了总部撤退的命令，白叔把宋营长背下了阵地。宋营长的身体被炸成了血糊状，只有皮肉还粘连在一起，伏在白叔的背上软软的，轻轻的。

战争结束后，白叔做的第一件事便去了宋营长的老家。没人能说清事件的经过，总之再回来时，他把李婶带到了部队，李婶怀里还抱着一岁半的大川。据父亲说，白叔回部队后，便打了和李婶的结婚报告。李婶先是不同意，白叔就跪在李婶面前，一句话也不说，看着孤儿寡母不停地流泪。李婶就一遍遍地说：俺就是带孩子到部队来看看，俺不能呀。白叔就抬起头，把跪着的身子挺了挺说：我答应过老宋，要照顾你们娘儿俩，你不同意我就不起来。

这样的场景感动了所有的人，白叔情真意切，铁了心要娶李婶，众人就劝李婶，包括父亲也冲李婶说：嫂子，你就答应老白吧，我们军人说过的话，就是射出去的子弹，是收不回来的。

这样僵持的场面持续了三天，李婶终于无奈地答应了白叔的要求。两个人简朴又隆重地走到了一起。

婚后，李婶向白叔提出了唯一的要求，就是让大川还姓宋。李婶含着泪说：让老宋在这个世界上再留下一个念想吧。李婶说这话时，白叔一边流泪一边点头道：姓宋，大川永远姓宋。

宋营长血肉模糊的尸体被白叔背下阵地后，就被运回到了国内，又辗转着运回到了老家，被葬在依山傍水的一个山坡上。父亲和白叔他们曾结伴一起去看过宋营长。父亲还珍藏着和宋营长墓地的合影。那是一张黑白照片，父亲还很年轻，他以立正的姿势立在宋营长墓地前，目光严肃地望着前方。我多次研究过父亲这张照片，揣摩着他那时在想些什么。

李婶快不行了，白叔就提出李婶百年之后，要把她送到宋营长的身边。李婶躺在病床上，氧气面罩影响了她的表达，她的目光就定在白叔的脸上，没有人知道她想的是什么。白叔就温和着给李婶做思想工作，他一遍遍地说：孩子妈，你都陪我几十年了，老宋在那边孤单呢，你再陪陪他。我知道你心里一直没有放下他，你陪我几十年，还生下了立春，我老白知足了。白叔一边说，一边老泪纵横。李婶的眼泪顺着眼角一点点地流下来，滴落在枕头上。

二

我在上小学时，从白叔的女儿白立春的嘴里得知我的母亲以前曾经是白叔的恋人，确切地说，白叔在老家和母亲订过婚。我得知这个消息后，跑回家向母亲求证过，母亲没有直接回答我，而是摸着我的脑袋，叹了口气，说了句：大人的事，你们小孩不懂。但从那次之后，我发现白叔和母亲的关系似乎笼罩在一层神秘的气氛中，如果在院里，白叔见到母亲，总是主动搭讪，母亲则用最简单的字句回答，比如：嗯，是。在外人眼里，白叔是受了冷落的，但白叔却一脸热情，有些讨好的意思。

父亲总和白叔凑在一起喝酒，每次喝酒必提铁原阻击战，提宋营长。当时父亲和白叔在一个营里，只不过父亲在另一块阵地上，也是从火线升为连长，父亲从阵地上撤下来时，只剩下他和另外一位班长。然后两人就抱头痛哭，相互搀扶着，磕磕绊绊地往家走，从那时开始，我们家和白叔一家的关系就很微妙。

直到我离开家去参军时，我才真正参悟到我们家和白叔一家关系的真谛。

白叔娶李婶的传奇故事，我从小就知道，铁证如山的事实面前，让我对他们的故事深信不疑。

从朝鲜战场回来，白叔拿着宋营长留给他那张带血的纸条来到了李婶的老家，李婶此时已经拿到了当地政府送来的烈士证，还有一块烈士之家的牌子，牌子端正地钉在门楣上。李婶在心里已经接受了宋营长牺牲的事实，伤心悲痛已经平缓了许多。面对着远道而来的白叔，又拿过白叔递过来的那张带血的纸条，仔细辨认了，确信就是自己丈夫的字体。再用目光望向白叔时，眼里就起了一层雾。白叔就说：上面的血是宋营长的，我是从阵地上把他一直背下来的。

白叔这句话又触动了李婶平缓下来的悲伤，她捂着嘴，突然放声痛哭。

那一次，白叔就当着李婶和宋大川的面铿锵地说：我答应过宋营长，以后的日子要照顾好你们娘儿俩。白叔这句话说得很含糊，最初李婶以为是组织照顾的那一种，比如当地政府送来了烈士证，烈士之家的牌匾等，那一次政府还给她送来了十斤小米。

也是那一次，白叔把李婶和大川接到了部队。李婶又错误地理解为，这是组织上对他们孤儿寡母的照顾。她还隆重地和左邻右舍告别，她当时怀里抱着一岁半的大川，兴高采烈地冲人们说：王姐，俺带大川去部队上了。又冲另一个说：马婶，孩子他爹部队上派人来了，要接俺娘儿俩去部队……她兴奋又骄傲地和乡亲们告别。

李婶来到部队才明白，白叔是要娶她。白叔把部队上开具的结婚证明递到她手上她才回过味来。她抵抗着，抗拒着，嘴里一遍遍地说：白同志，这可使不得，俺和你素不相识，无缘无故，这是从何说起呀。

部队回国后就进行了改编，此时，白叔已经是部队的副团长了，很年轻的副团长，父亲也调到三营当上了营长。板门店停战协议已经签署，在朝鲜的作战部队，陆续地回到了国内。许多还打光棍的大龄军官们掀起了成家立业的热潮。在朝鲜爆发战争期间，《谁是最可爱的人》那篇文章火遍大江南北，拥军支军的热潮席卷整个神州大地。许多青年学生报名参军，女学生把自己嫁人的目标也定位在最可爱的人身上。那会部队三天两头地有军官结婚，他们娶的对象，不仅年轻漂亮还有文化。

李婶一直认为，白叔把他们娘儿俩接到部队是组织对他们的抚恤，她做梦也没想到，年轻的白副团长要娶她为妻。她明白真相后，就闹着要从部队离开，白叔自然不会让她离开。两人僵持着，最后师首长都出面了，做她的思想工作。她和首长说的话不多，只强调一个道理：白副团长这么年轻，又有前途，理应找一位年轻貌美，又有文化的女学生当老婆，自己又老又丑，还带着个孩子，自己配不上白叔。不能耽误白叔的大好前程。师首长磨破嘴皮子，李婶就是不答应。

白叔眼见着自己无计可施，师首长甚至私下里跟他说：要不行就别勉强了，你对李婶娘儿俩好，以后隔三岔五地给寄些钱，心意也尽到了。白叔这会一定想到了铁原阵地，在那个清晨，他和宋营长在阵地上吸着最后一支烟，两人交换老家地址，互相承诺的情景。他眼里又一次流下了泪水，送走师首长之后，他转身又找到了李婶，扑通一下跪在了李婶面前，声泪俱下地：我答应过宋营长，我要照顾你们娘俩一辈子，你不答应我后半辈子做人都不踏实。

李婶一边拍打着怀里哭闹的大川，一边冲白叔说：白副团长，你别这样，你这一跪让我们娘俩可如何是好。

白叔就伸着脖子说：你不答应我就不起来。

李婶抹了下眼泪：白副团长，俺知道你和老宋是生死战友，这情我领了，以后你想对我们娘俩咋好，俺们也领受。

白叔仰起头就坚定地说：不是好，是要和你结婚，我以后就是大川的爹，不能让老营长的孩子没爹。我答应老营长的话，就是泼出去的水，收不回来了。要是我牺牲在铁原，老营长也会这么对我的。

白叔说得情真意切，身体义无反顾地跪在李婶面前。

李婶似乎对白叔的强打硬攻有些招架不住了，她抹了下眼泪，冲白叔问了几个问题。

李婶说：你不嫌我比你大？

李婶比白叔大两岁，在接李婶的路上，两人论过年龄。当时李婶还亲切地叫过白叔为大兄弟。

李婶这么说完，白叔头摇得拨浪鼓似的。

李婶又说：俺还带个孩子你不嫌？

白叔就眼含泪花地说：大川是老营长的儿子，以后就是我的亲儿子，老营长地下有知，他也会含笑九泉的。

李婶深吸一口气：以后，你不后悔吧，俺们娘俩就是从农村来的，你还这么年轻，以后一定会有前途，当了大官不会后悔吧？

白叔又一次泪流满面，哽咽地：我要是当陈世美，老天爷不会答应我，九泉之下的老营长也放不过我。

说完这句话，还把头磕在了地上，他再抬起头时，李婶看见白叔的额头已经有血渗出了。她闭了一下眼睛，随之有两滴眼泪从她眼角滑落出来，她叹了口悠长的气。

李婶在白叔真诚又热烈的攻势面前，无奈地答应了白叔。次日，两人登了记。后来听父亲说，白叔和李婶的婚礼是全团最热闹的。

如果说，没有小菊找上门来，白叔和李婶的婚姻就算画上了一个完美的句号。就在这时，小菊来队了。

小菊也就是后来我的母亲，在老家时和白叔订过婚。那是解放战争之后的事，身为排长的白叔回老家探亲，白叔从参军之后便没了消息，他突然出现，让全家又惊又喜。大难不死的白叔让全家人大喜过望。在这之前，他们没敢奢望白叔还能活着回来。白叔趁部队休整，请假回的老家。父母便给他张罗婚姻大事，小菊是白叔邻村的姑娘，比白叔要小上几岁，那一年刚满十六岁。在媒人的撮合下，小菊和白叔见了一面。白叔望着眼前含苞待放，花一样年龄的小菊很满意。小菊偷偷瞄了两眼人高马大，身背匣子枪的白叔，也含羞带怯地冲媒人点了头。按着白叔父母的意思，三天后就让两人成亲。可白叔是部队休整路过，在家根本待不上三天。父母退而求其次，让媒人给小菊家捎去三升稻谷，就算是定亲礼了。

白叔第二天就要归队了。他走到村口时，看到了来给他送行的小菊，两个涉世未深的男女，立在村口的小河边，一时不知说什么是好。

小菊望着自己的脚尖，把两只手贴在裤子两侧摩擦着说：你这就要走了？

白叔就“嗯”一声。

小菊又说：我等你。

白叔又“嗯”一声。我想白叔此时一定想过去拥抱一下小菊，可他在此之前，压根没有单独接触过女性，不仅没经验，也不敢。他应完了，就不知说什么了，憋了半晌才说：部队还有任务，我必须得走了。

这回轮到小菊“嗯”了一声。

白叔迈开大步向前走了几步，想起什么似的回过身冲小菊说：我会回来娶你的。

小菊早已羞红了脸，头低垂下去，两只辫子从身后垂到胸前。白叔这回真的走了，又走了几步，他身后突然传来小菊的声音：我会等你。白叔又一次回头时，看见小菊正朝自己招手。他心里一热，立住脚步冲小菊敬了个军礼。然后转过身，迈开大步踏上了归队的征途。那会，白叔在心里一遍遍地说：小菊我记下你了，一定会回来娶你。

白叔归队后，部队便进山剿匪，随后又接到了开赴东北的任务，再之后他随着队伍跨过了鸭绿江。

白叔娶李婶时，他无数次想过小菊，在朝鲜战场上，他还和小菊通过几封信。两人都识字不多，信写得简明扼要，诸如，一切都好之类的。有信件来往，小菊就知道白叔还平安完好。

自从白叔回国后，他便断了和小菊的联系，他脑子里装的都是老营长的嘱托。他娶李婶时，又一次想到了小菊，他躲到没人处，点燃了一支烟，一边吸烟一边想：小菊你把我忘了吧，我不能再回去娶你了。你还年轻，就当我在朝鲜战场上牺牲了。他想到这，还冲家乡的方向鞠了三个躬。在白叔心里，几年前和小菊一共就见了两次面，说了几句话，只要自己不提这件事了，小菊就一定会把他给忘了。小菊那么年轻，以后一定会找个好人家，结婚生子，然后幸福地开始新的生活。

三

然而，小菊并没有忘掉白叔。在一天清晨，她风尘仆仆地找到了部队。

白叔做梦也没想到小菊会到部队上找自己，他自从解放战争胜利后，回家匆忙地和小菊订婚，先是剿匪，后来又入朝作战，部队一直在迁移中。他直到在朝鲜战场上，才在战斗间隙里匆匆忙忙地给小菊写过两封信。交给通信员送到了团部，他当时也不知道自己的这些信能否送到小菊手里。白叔知道，这些信得通过后方的运输车队带到国内去。美国人的飞机不仅把炮弹倾泻到他们的阵地上，还有更多的飞机，飞到他们的身后去，去轰炸那些从国内开出来的运输车队，弄得前线部队经常弹尽粮绝。上级曾经通报过，后方车队运输的艰难。他也收到过小菊回的两封信，信件都是通过国内到朝鲜的慰问团捎来的，又辗转着送到他的手里。小菊的两封信内容大致相同，关心地说，让他保重自己，全国都在支援朝鲜战争，一定会取得胜利之类的。信中还告诉他，自己担任了村里妇女支前队的队长了，纳鞋底，做军鞋……

白叔在前线的战壕里读着小菊的信，心里暖暖的，闲暇时，他的思绪就回到故乡，那里有记忆中的炊烟，有鸡鸣狗叫之声，当然，还有匆匆见过两面的小菊，日子久了，小菊的音容已经在他眼前模糊不清了。但他还是想。

自从朝鲜战场进入第四次战役后，场面就胶着在了一起，部队不断换防，穿插。前线的部队远离后方，不仅白叔没有机会写信，所有的战友，也只能把对亲人的惦念装在心里。尤其是第五次战役打响，部队穿插到了三七线以南，更是和后方脱节，别说写信，后方运输来的弹药都显得捉襟见肘。直到铁原阻击战打响，在最后的阵地上，他和宋营长相互托付，他从阵地上背下被炮弹炸烂的宋营长，他满脑子里装的都是对宋营长的承诺了。在这期间，他几乎把小菊忘得一干二净。他当时心里只有一个愿望，就是不辜负宋营长的嘱托，照顾好李婶和大川。

直到小菊找到部队，白叔才从梦中醒来似的，拍着脑袋，忽然一下，把小菊这茬想起来了。此时的小菊，在他眼里是那么熟悉又那么陌生。他还想到，自己与小菊告别时，敬的那个军礼。心境却是别有一番滋味了。

小菊的到来，最先反应过来的是李婶，经过一系列的思想斗争，她终于同意和白叔结合在了一起。还没过上几天好日子，小菊的出现，让她也从梦中清醒过来。

是通信员气喘吁吁地跑来报告李婶要走的消息。他才从临时来队家属招待所里赶回来，那会，有不少干部战士围在招待所门前一惊一乍地打探着消息。白叔撞开人群，没头没脑地往家跑。部队从朝鲜回来，居住在临时军营，家属在军营外的一排小平房里。白叔赶到家门前时，李婶已经收拾妥当，右手挎着一个布包袱，左手抱着大川，像她刚来时一样。

白叔堵在门口，气喘着说：你这是要干啥?

李婶冷静地：白大刚，你不该瞒俺，小菊那闺女刚才俺在招待所门口看到了，她年轻长得又俊，你们在一起才般配，是俺不配。

白叔焦急又绝望地说：你现在是我老婆，我是你丈夫，咱们才是一家人。

白叔强行地把李婶拉到屋里，删繁就简地把他和小菊定亲的经过说了。在这之前他不是没想过小菊，只在脑子里一闪而过。在他和李婶结婚的前一天，他甚至想，自己早就和小菊断了通信，也许小菊等不及自己，早就找人家嫁了。

李婶最后理智地问道：毕竟人家找上门来了，你打算咋样对待人家？

李婶这句话把白叔问蒙了，也问清醒了。他拍拍脑袋说：我就和小菊见过两面，加起来还不到一个时辰，她就是到部队替我父母来看看，过几天人家就走了。

白叔说完就要往外走，他急着去见小菊，劝小菊早点赶回老家。李婶这次堵在门口，盯着白叔的眼睛说：告诉你白大刚，你要是对不住小菊，俺带着孩子立马从这里离开。

白叔胡乱地点着头，此时，他脑子里已经乱成了一锅粥，他喝醉似的从家门里撞出来，迎头碰到了等在门口的父亲。父亲和白叔是最好的战友，两人前后脚参军，又一起当排长，见证了生死。朝鲜战争结束后，他们死里逃生又一起回到了国内，整个军剩下的骨干屈指可数，一批新兵涌入了部队，他们又恢复了建制。这些大难不死的部队骨干，都得到了提升。白叔当上了副团长，父亲当上了营长。父亲和白叔之间私下里没有上下级关系，只是生死战友。白叔一头从屋里撞出来，等在门口的父亲一把就揪住了白叔的衣领子。白叔面对父亲更蒙了，他张口结舌，不知说什么好。

父亲的手上用了些力气，咬牙切齿地说：好你个陈世美，你就这么对待远道而来的小菊。

白叔用力掰开父亲的手，苍白着脸说：我这脑子都要爆炸了，你就别添乱了，什么陈世美，这哪跟哪呀。

之前父亲并不知道白叔和小菊有过这一段，白叔自从上次探亲归队后，一直忙着打仗，压根没倒腾出时间向父亲和战友们叙说小菊这段插曲。从朝鲜回来后，白叔就忙着娶李婶的事。白叔和李婶结婚的前一天，父亲提着一瓶酒，找到了白叔，两人一边喝酒，就想起了铁原那场阻击战，想起了被炸得血肉模糊的宋营长，白叔又掏出宋营长留下的那张托孤纸条，上面还沾着白叔的血。宋营长是白叔背下阵地的，宋营长趴在白叔的身上，血流了一地，也流了白叔一身，最后浸湿了这张揣在白叔怀里的纸条。父亲看到这张纸条，仿佛又见到了他们的营长，活蹦乱跳地站在他们的眼前，一边吸着烟，一边和他们开玩笑的样子。父亲和白叔抱在一起大哭了一场。父亲一边哭一边捣打着白叔的后背说：大刚，你做得对，要是营长把老婆孩子托付给我，我也会这么做。

白叔娶李婶之前，父亲坚定地站在了白叔的立场上，白叔在父亲的心里又加重了许多斤两。白叔这么做，是代表了他们所有幸存者的心声。父亲坚信，换作他们任何一个人，都会像白叔这么做。可小菊的出现，让父亲和白叔翻脸了。

那天，白叔把父亲拉到一棵树下，简明扼要地把自己和小菊的关系说给了父亲。说完白叔血红着眼睛盯着父亲说：我不这么做，你说我怎么做。说完蹲在父亲面前，抱住了头。

父亲看眼蹲在地上的白叔，又望了眼灰蒙蒙的天空，跺了下脚说：你这么做是代表咱们营活着的官兵，为了老营长。不能让你为难，这样吧，小菊就交给我了。别让嫂子操心，她失去了宋营长，不能再失去你了。

父亲说完，甩甩衣袖大踏步地走了。后来我听父亲回忆说，他这么说完其实脑子里一片空白，他不知道接下来怎么面对小菊，更不知道小菊如何处理。只是觉得该替白叔承担点什么，因为白叔已经替宋营长承担了。他就是怀着一颗悲壮的心来到了小菊面前。父亲觉得要对小菊动之以情晓之以理。这回他蹲在小菊面前，小菊欠着身子坐在临时搭建的床沿上。父亲先是说到了他和白叔的生死情谊，又说到了朝鲜战场，说到了铁原阻击战，在最后的阵地上，宋营长那张纸条，宋营长的牺牲。父亲不知是紧张，还是觉得揽下这个任务压力过大，总之说得颠三倒四，囫囵半片，但小菊还是听懂了。她一边流泪一边听父亲叙说，父亲说完，仰起脸求救似的望着小菊。小菊抹一把脸上的泪，冲父亲说：白大刚这么做我理解，换作我，我也该这么做，可是我来部队前，全村人都知道，我这次来是找白大刚结婚的，婚没结上，就让我这么回去，怎么有脸见父老乡亲。小菊打小读过几年书，也识些字，新中国成立后，又当过村里的妇女队长，说起话来也有理有据。父亲听了小菊的话，眼前就黑了，他知道替白叔揽下这件事，眼前的小菊就是烫手的山芋，吃又吃不下，扔又扔不得。

那些日子，小菊住在临时招待所里愁肠百结，父亲也昏头昏脑，他恨自己不该一时冲动对白叔大包大揽，但他不揽过这事，又觉得对不住白叔。总之那些日子父亲又焦虑又矛盾，但他对小菊尽心照料着，一日三餐送到小菊屋里，小菊要么不吃，要么只吃一点，父亲见到小菊剩下的饭菜，就愁眉苦脸地说：人是铁饭是钢，你得吃饭呢。小菊张开嘴，伸出泛黄的舌头说：你看看我这火上的，怎么还能吃下饭。父亲又蹲在小菊面前，又说到了朝鲜战场，他说，在战场上经常吃不上饭，后方断供，别说一碗热米饭，就是连炒面都没有了。有一次打冲锋，部队已经连续三天没吃上饭了，在战前动员时，队列里有战士提出唯一的一个要求，就是想每人能吃上一把炒面，就是死了也值了。可是部队没有，父亲就冲战士们说：等打完了这场战斗，就让战士们吃一顿白米饭，还有猪肉炖粉条，想吃多少就吃多少。战士们就是带着吃顿饱饭的理想投入了战斗，有许多战士再也没有回来。父亲说到这又一次泪流满面了，哽咽着说：有许多人是饿着肚子走的呀。父亲流泪，小菊也流泪。她看着剩下的饭菜，犹豫着又端到自己的面前，艰难地吃了起来，她一边吃一边哭着说：我替那些牺牲的战士吃。父亲看着小菊痛苦的吃相，夺过小菊的碗说：妹子，要不你别吃了，你吃得我难受。小菊重新又把碗夺了回去，放到自己的面前，她像在打一场冲锋。

许多年过去了，每每提起往事，父亲都会说：我就是从那时开始心疼你妈的。记得从小到大，父亲从来没说过爱我的母亲，他偷偷地把爱换成了心疼二字。

父亲每次这么说时，母亲就会翻着眼睛冲父亲说：别听你爸胡咧咧，我是可怜你爸，那么大岁数了还没说上媳妇。

我知道，父母的话都是他们的游戏，他们在这种斗嘴中相濡以沫，从年轻到老。

那次小菊在临时招待所里住了几天，其间，白叔要掺和进来，他不想把所有难题都抛给父亲，但都被父亲制止了。父亲急赤白脸地冲白叔说：我看小菊都快想开了，你就别跟着添乱了。

白叔的眼里布满了红血丝，像刚从战场上下来一样，父亲知道，白叔这些日子也不好过，他一边惦记着小菊，一边又要安抚李婶。李婶又有几次提出要回老家，让白叔和小菊重归于好，都被白叔死乞白赖地拦下了。

在招待所住到第五天时，父亲又一次给小菊送早餐，小菊立在门口突然冲父亲说：我想通了，今天我就走。父亲有些吃惊地盯着小菊，他内心又一次矛盾了，在这几天里，他了解了小菊，知道她是个善良又坚强的好女孩，但她有她的难处，回到村里名声会不好，不了解情况的人会说她被白叔甩了。被甩的理由会有各种版本，无论是哪种版本，都是对小菊的名声有百害而无一利。

那天早晨，小菊痛痛快快地当着父亲的面吃完了早餐，一边吃还一边说：你们部队的饭菜真香。小菊是笑着说的，父亲听了这话却想哭，想着即将离去的小菊，还有她的遗憾。

吃完早饭，小菊把包袱挎上就走出招待所，父亲相送，他一句话也说不出来，也不知说什么好。从招待所一直到街上，父亲一直跟在小菊的身后，小菊突然停下脚步，回身看着父亲说：你回去告诉白大刚，让他好好过日子，要对得起那娘俩，他们也不容易。

父亲用力点着头，此时眼泪差不多快从父亲的眼里流出来了，但他强忍着。小菊又冲父亲鞠了一躬说：谢谢三营长，你这些天对我的照顾，我会记一辈子。说完转身走去，走了几步又停下，她已泪流满面，最后说了句：白大刚的部队我就算来过了，以后我和部队再也没有半点瓜葛了。说完她扭过身子，捂着嘴小跑起来。父亲追上几步，喊住小菊，拖着哭腔说：小菊，你不走行吗？

小菊吃惊地望着父亲。

父亲大声地说：我娶你。三营长娶你。在这期间，母亲还不知道父亲的名字，只知道他叫三营长。

三天后，小菊成了我的母亲。

四

白叔和李婶结婚后，到了第七年头上，才生下立春。大川已经上小学二年级了。我和立春是同一年生的，我们从幼儿园到高中，一直是同学，在李婶的眼里，我和立春是青梅竹马的朋友。

有一次，父亲和白叔在我家又一次喝醉酒，两人又说到了铁原，牺牲的宋营长，两个中年男人又抱在一起痛哭了一回。说到宋营长，又说到了李婶和大川。这时的父亲态度就变了，斥责白叔不该在年轻时用那种方式对待李婶。两人在斥责与辩白中，我听出了头绪，后来又是母亲的补充，我终于捋清了白叔和李婶刚结婚时，两人并没有相互接纳对方的故事。

刚开始李婶和白叔名义上领证结婚，成了一家人。两人并没有真正住在一起。有一次，父亲半夜接到团参谋的通知，任务紧急，要立即派出一个连帮警察去执行一个任务。那会，白叔已经是团长了，父亲是参谋长。父亲觉得有必要立即把这一消息告诉白叔，便来到白叔家敲门，父亲敲得急，白叔开门也急，父亲发现了白叔打在客厅里的地铺，任务紧急，父亲没顾上地铺的事，只是报告了紧急任务。

事后父亲找到白叔问究竟，没料到，白叔却急了，莫名其妙地冲父亲发火，东扯葫芦西扯瓢地和父亲掰扯，就是不提地铺的事，弄得父亲一头雾水。

那会，李婶和母亲已成了好朋友。父亲和母亲结婚那一天，李婶就出现了，是她为母亲梳的头，还专门做了一件碎花衣服让母亲换上，也就是从那一天开始，李婶和母亲成了好朋友。她们能成为朋友的基础，也许是两人因为白叔而建立起来的特殊关系，也许还有别的。

父亲自从那次发现白叔独自在客厅里打地铺，便把这事和母亲说了，意思是让母亲出面找李婶谈谈，看问题到底出在了哪。

母亲和李婶谈了一次，终于摸清了原委，李婶不和白叔同居的原因出在李婶身上。原来李婶虽然名义上嫁给了白叔，她一直觉得自己配不上白叔，不仅年龄比白叔大了两岁，还带着一个孩子。她到了部队才知道，这些九死一生的大龄军官，不少人都娶了年轻貌美的女青年做老婆，她当时虽然年龄也不大，但毕竟是结过婚的女人，眼见着大川都快两岁了，她一直认为自己人老珠黄了，白叔是可怜她，才和她走到了一起。她不想耽误白叔，总觉得白叔有一天会醒悟过来，后悔，然后抛弃他们娘俩。虽然，李婶表面上同意和白叔在一起，两人结婚前，李婶就和白叔提出了一个条件，两人同屋可以，但不能同房。白叔当时在极力挽留李婶，她提出的什么条件，他都答应了。

母亲摸清李婶的真实想法后，告诉了父亲。父亲又一次找到白叔，两人在团部的办公室里，喝了一桶高粱烧酒。父亲得知真相后，有些同情白叔了，但对白叔的谦谦君子做派又有些看不上，喝了几杯酒之后，父亲就抓过白叔的衣领子，仔细端详着白叔，然后冷嘲热讽地说：白大刚呀白大刚，战场上你是个爷们，对战友你也有情有义，在女人面前你咋就这么没出息呢。父亲的嘲弄让白叔发火了，他抓过马鞭子，用马鞭子的握手敲了一下父亲的脑袋。父亲当时脑袋上就流出了血，流到眼前父亲才知道，他摸了一把脸，整张脸就血糊糊的。白叔就惊呆了，非要拉父亲去卫生队包扎伤口，久经战争的父亲怎么能把这点小伤当回事，他拉过白叔非要一起去找李婶，把这不清不楚的关系说明白。父亲拉着白叔的膀子都走到团部门口了，白叔突然蹲下身子，乞求着父亲说：别难为我了，我答应人家的事，就要做到底，你不能不让我做人呢。父亲听了白叔的话，手松开了，他和白叔是战友，生生死死地到了现在，白叔说的话他信。他停住了动作，一起和白叔蹲在团部门口，白叔又说：无论如何我要和李桂花把这日子过下去，把大川培养成人。李婶的名字叫李桂花。

白叔果然说到做到，在父母的嘴里，一直都说白叔不容易，然后又感慨道：你白叔是个好人。

在这期间我还没出生，母亲和父亲结婚后，先是生了大姐，大哥，二姐，还有二哥，然后才是我。母亲那会很勤奋，隔上一年半载的就会生一个孩子，那会战争刚刚结束，还没有计划生育一说，党和国家号召百姓多生孩子，为下一场战争做准备。

父亲自然会响应党和国家的号召，他的理想是让母亲生一个排，母亲生完我之后，终于生不动了，才打消了父亲生一个排的念头。父亲有些遗憾，但在现实面前也只能接受了。

我出生后不久，立春也出生了。这是白叔和李婶共同生的第一个孩子，也是最后一个孩子，这距离他们结合在一起已经过了七年了。父亲为白叔而遗憾，但终于盼到白叔和李婶走到了一起，他还是为这一家人感到高兴。

后来听母亲说：你白叔和你李婶都没红过脸。母亲说这话时，还叹了口气，在我的记忆里，父亲经常和母亲吵架，每次吵架都是父亲先惹起事端，然后不分青红皂白地和母亲争吵。父亲不论是在家里还是在外面，都非常大男子主义，和母亲吵架也在情理之中。父亲每次和母亲吵架，母亲都会躲开父亲，把自己关在房间里抹眼泪，不知这时的母亲是不是后悔嫁给父亲了，如果没有李婶，母亲一定会和白叔走到一起，白叔又怎么对待母亲呢？我不知道，只能在脑子里胡思乱想。

打我记事之后，白叔和李婶一直是很恩爱的样子。那会我和立春已经上了小学，大川已经读中学了。有时我写完作业，趴在窗子上往院里看，经常看到白叔和李婶散步的身影，两人像一对新婚夫妻一样，挨得很近地走，两人不知低声说着什么。两人亲密的身影让我想到了父母，因为孩子多，每天放学家里就吵成了一锅粥，我们经常为写作业争一张桌子而发生口角，不是大哥把二姐惹哭了，就是二哥和大哥杠上了，总之，只要我们放学回来，家里一定鸡犬不宁。后来又大了一些，我开始羡慕白叔和李婶一家了，孩子少，清静。还能经常吃到白叔从机关食堂打回来的饭菜。

每当过年过节，部队机关食堂都会餐，比平时加了些硬菜，比如红烧肉、炖排骨什么的。每次会餐，白叔总会把自己那一份打回到家里，热气腾腾，又香气扑鼻的样子。母亲每次看到白叔对待家人，就指责父亲只顾自己。父亲的脸色就不好看了，然后用目光在我们五个孩子的头顶上扫过道：我怎么和白大刚比，人家就两个孩子，我把加餐打回来有什么用，这么多狼，每人还不够一口的。那会大哥和二哥都快长成大小伙子了，正是长身体的时候，母亲有时蒸馒头，一锅刚出来，第二锅还没蒸好，大哥和二哥就把第一锅馒头消灭掉了。弄得我们家粮食经常不够吃，还没到月底，米缸和面缸已空空如也了，害得母亲经常提着一个面口袋，去李婶家借米或借面。也许这会的父亲，后悔当年生一个排的豪言和壮志了。

白叔经常把食堂的硬菜端回家，一家四口人其乐融融地享用，父亲只顾他一个人，有时加餐时还喝酒，回来后就脸不是脸，鼻子不是鼻子地冲我们大喊大叫。后来，我们就都有点怕父亲了，怕中还有些嫌弃，从那以后，只要听到父亲的脚步声由远而近，我们就逃也似的躲回到各自的房间中。父亲看不见我们，会消停一些。

宋大川高中毕业那一年，毫不迟疑地选择了参军。拉新兵的卡车就停在部队院内，当大川一身新军装，背着背包登上卡车的一瞬间，我看见白叔流泪了。他冲车上的大川挥着手，哽咽得一句话也说不出来了。当接新兵的卡车启动，白叔还从人群中冲了出来，追了一段，不停地冲大川挥手，还喊了一嗓子：到了部队来信。这种场面，让许多见证的人都感动不已。

也是听母亲说，李婶嫁给白叔后，想把大川的姓改成姓白，李婶当初坚持过让大川姓宋，她当时想给前夫留下个纪念，后来，两人真的生活在一起，李婶又改变了主意，这次是白叔坚持不肯。白叔冲李婶说：要让孩子知道他爹是个英雄，是烈士。在白叔的坚持下，大川的姓一直没改。

后来我还知道，大川参军时，原本是要去边防团的，因为这批接兵的名额就是边防团的。白叔知道边防团艰苦，他找到武装部，和别的区接兵名额做了调换，大川参加的是空军。小时候我们就知道，空军的待遇比陆军的要好，伙食费空军的就要比陆军每天多上一角钱。每年又有接兵的来到我们院里征兵，适龄青年都会打听，是什么兵种，凡是听到陆军来征兵，都不断地摇头叹气。

大川一走，家里就只剩下立春一个孩子了。白叔的神情就有些落寞，经常抬头望天，我们不知道，此时的白叔是思念大川还是另有别的原因。

一年多后，大川第一次探亲回家，白叔还把自己的吉普车派到了火车站，大川是坐着吉普车回的家。私下里就有人议论白叔搞特殊化。白叔这时就梗着脖子说：大川是烈士的儿子，他爹是英雄。搞点特殊化又有什么不妥。人们这时似乎才发现大川姓宋，议论一阵也就不说什么了。

记得大川参军后，白叔带着李婶还专门到大川的部队上去了一次，除了看望服役的大川，还和航空兵师的领导会晤了一次，向空军领导提出了要求，烈士子女要特殊照顾，否则对不起烈士和英雄。不知是白叔的要求起了作用，还是大川自己的努力，总之，大川当满三年兵之后，便提干了。他的职务是航空兵某场站的机械师，通俗地说就是维修飞机的一名空军干部。

似乎直到这时，白叔才松了一口气。不论什么场合，一有人提起大川的进步，白叔就眉飞色舞起来，然后一口一个我们家大川地这么叫。

了解白叔的人便私下里说：老白这人真可以，为了老营长的孩子，什么事都能做得出来。老宋在天有灵，也会幸福得笑开花。

李婶也是幸福的，人前人后总是把笑挂在脸上，经常拉着母亲的手说：白大刚是个好人，当初俺没看错他。和他在一起俺知足。

李婶每次这么说，都心有戚戚，每每这时，李婶便反应过来，伸出一只手安抚着母亲说：对不住了妹子，要不是因为俺，白大刚就是你的了。母亲这时换上笑脸道：他李婶，这都是八百年前的事了，还提它干啥，这都是命。

李婶就又补充道：老石这人也不错。

母亲就强打精神冲李婶又笑了笑。

五

从我记事开始，李婶总称呼我为“俺家女婿”，每次见到我，她总是笑眯眯的，脸上也会绽出一抹喜色，然后深情地说：俺家女婿又长高了。

记得上小学时，我每天都要站在李婶家的楼门洞前等立春出来。不一会工夫，立春就会随着母亲从楼门洞里走出来，李婶一手提着饭盒，一手牵着立春。见到我后，她又一次把笑绽在脸上，变戏法似的从饭盒里拿出半块饼或一个馒头，塞到我的手里，起初我不肯接，李婶就摸着我的头说：李婶给你的，你就拿着。李婶是长辈，我觉得应该信任长辈的话，我就接过来了。从那以后，李婶总是隔三岔五地塞给我一些吃食。李婶见我接过去，用手抚着我的头轻轻地说：吃吧，俺家女婿就该长高了。我一边吃着李婶给我的食物，一边和立春走上了去学校的那条路。李婶冲我们的背影挥了挥手，转向另一个方向去上班了。李婶的上班地点是部队院门口的军人服务社，就是商店，专门为院内的军人开放。

我家孩子多，大哥二哥已经人高马大了，正是吃死老子的年龄，我家细粮总是不够吃，母亲每月去粮站买粮，经常用米面换玉米楂子或高粱米这些粗粮。母亲说过，一斤细粮能换一斤半粗粮，这样一倒腾，从斤两上每个月都增加不少，从月初勉强吃到月末。我们家的伙食大都是粗粮，每次吃饭时，大哥和二哥就唉声叹气，跟母亲提意见道：妈，咱们家能不能蒸一次馒头吃。母亲就板起脸说：咱们家的粮食不够吃，你们又不是不知道，想吃细粮，你们就早点长大参军去。大哥二哥听了这话，便不再多言了，埋下头，艰难地吃着粗粮做成的饭。

每天去接立春上学，总能得到李婶的馈赠，久了就成了我接立春上学的动力。有一天在上学途中，立春红着小脸冲我说：你知道我妈为什么对你这么好吗？我看着立春不假思索地说：因为咱们两家关系好。

立春抿着嘴又说：不是，是因为我妈想让你当我们家女婿。

立春说这话时，我记得刚上小学二年级，对女婿这个词还没有更确切的理解，我当时以为和干儿子、干女儿什么的似乎没什么区别。父亲有个战友姓马，听说因为战争受了伤，一直不能生育。父亲就领着二姐让马叔认了干闺女，每到周末，马叔的爱人总是来我家，把二姐当宝贝似的接到自己家里吃上一顿饭。每次二姐回来都舔着油油的嘴唇说：我在干爹干妈家吃肉了，是红烧的。二姐就很幸福的样子，觉得她有个干爹干妈真好。

李婶把我当成了女婿，所以李婶才对我这么好。我放学回家后，也显摆地冲二姐说：我是李婶的女婿了，她每天都给我一个白面馒头，可香了。二姐就不怀好意地冲我笑。当时我不明白二姐笑容的含义。

后来又大了一点，突然明白女婿的含义了，也就是从那一天开始吧，我不再等立春上学了。每天早晨从楼门洞里出来，头也不回地向学校跑，见到立春也不敢正眼看她。以前我们这些男生经常和女生玩在一处，什么跳皮筋、踢毽子之类的，不知从何时，所有男生似乎一夜之间就和女生拉开了距离。女生们似乎也远远躲着我们。

有一天放学的路上，本来立春和几个女生走在前面，她不时地回头用目光瞟我，瞟得我浑身很不自在。她突然蹲下身去系鞋带，我走到她身边时，发现她的鞋带根本没有开，见我走过来，她立起身，从书包里掏出用一张白纸包着的半块饼，匆匆地塞到我手里说：这是我妈给你的。我发现立春的脸红了，塞给我之后，头也不回地向前跑，追赶那群女生去了。

后来只要立春拿目光瞟我，我就知道李婶又给我带好吃的了，弄得立春跟特务接头似的，又紧张又神秘地和我对暗号。有时下课，再次回来时，我发现书包里就多了一个馒头或半张饼。有次放学回到院里，往我们居住那栋楼走时，我见立春身边没人，故意放慢脚步等着立春，她走到我附近，我小声地说：跟你妈说一声，以后不要再给我带吃的了。说完就头也不回地走了。立春在我后面嘀咕了一句：你以为我愿意呀，要不是我妈逼我，我才不会给你带呢。

从那以后，立春果然不再给我带吃的了，每天下课再回到座位上，摸一把空空荡荡的书包，心里也空空落落的。

有一天早晨，我从楼门洞里出来，看见了等在楼门口的李婶，我叫了声“李婶”，就想从她身边走过去。李婶却一把抓住我，不由分说地把半张糖饼塞到我的手上，一边说：立春这个死丫头就是不听话，我让她给你带吃的，她说什么也不肯。我说：是我不让她带的。李婶认真地盯了我一会，在我头上轻拍了一下说：老三，你咋把李婶当外人了，以后可不许这样。不知从何时起，李婶不再叫我“俺家女婿”了，而是叫上了我的小名。那会每家孩子都多，多到似乎父母连个乳名都懒得起了，就老大、老二、老三按着排行这么称呼。

有时路过军人服务社，只要李婶不忙，她总会从里面冲出来，塞给我几颗糖果或者一个苹果什么的。我从李婶的目光中看出了喜欢和爱怜。

一直到我上了初中，那会大哥参军，大姐下乡，家里只剩下二哥二姐了，母亲不再用细粮换粗粮了，我们家经常能吃上馒头和烙饼，有时母亲高兴还会吃上一顿饺子。李婶也停止了对我的接济。但每次不论在什么地方看到李婶，她总是会停下脚步，把我叫到她的面前，出神地看上一阵子。然后拍一拍我的后背或者肩膀，意味深长地离开。

母亲经常和我说：你李婶从小就喜欢你，以后你不能忘了你李婶。

我知道李婶对我的好，每次母亲说完，我都会认真地点点头。

高中毕业前夕，有一天放学，我看见李婶来我家了，我推开家门进去时，李婶和母亲两人小声地嘀咕着什么，见我进门，两人都噤了声，把目光投到我的身上，似乎她们刚才说的话与我有关。

我已经长得人高马大了，比李婶和母亲都高了一头，李婶就仰着脸冲我说：老三一晃都长这么高了，真好。

我回到自己房间刚把书包放下，就听母亲喊：老三你出来一下，陪你李婶说说话。我只好从屋里出来，立在李婶面前，此时，母亲和李婶已经坐到了沙发上。李婶就把探寻的目光又一次落在我的脸上道：老三，你马上要毕业了，你是怎么打算的？

我们那会毕业，没有更多的选择，就业比登天还难，下乡会吃很多苦，参军是最好的一条出路，就是不在部队提干，当几年兵，回来按政策总能安排一个工作。我把我的想法冲李婶说了，她眼里一亮，拍一下大腿说：你要是决定参军，我们也打算让立春参军，你们最好能在一个部队，相互也好有个照应。

李婶这么说，我脑子里马上闪过立春的身影，即将高中毕业的立春女大十八变，几乎长成大姑娘了，身材饱满又结实，与上小学和初中时判若两人。以前立春被同学们起了个外号，叫“小辣椒”。因为她的身子干干瘦瘦，就连头发也稀疏泛黄，一副营养不良的样子。自从上了高中，立春似乎换了一个人，不仅长高长胖了，还越来越漂亮了。惹得不少男生偷偷给她塞纸条，我前桌的朱革子，和后桌的林小兵，都给她塞过纸条。立春就跟没事人似的，该干吗还干吗，目不斜视地在教室里进进出出，似乎没有兴趣搭理我们这些男生。又有同学给立春起了个外号，叫“大白鹅”。是因为立春长得又高又白，与当年的小辣椒不可同日而语。

六

那年的秋天，我和立春一起参军，我们那一年，部队院里一共参军了七名新兵，只有立春一个女兵。这几个人，都是我们一届的高中生，虽然有的不在一个班，我们相互之间也都算熟悉。一路上，我们几个人说说笑笑，唯有立春从来不搭理我们，目不斜视地望着绿皮火车的车窗外，样子傲气得很。

立春有理由不搭理我们，我们几个男兵都是自己要求来的，唯有立春，是被李婶逼来的。白叔和李婶一共有两个孩子，宋大川七年前已经参军入伍了，在一家空军机场当地勤。我记得大川一共回来过两次，第一次是参军两年后的一个夏天，大川穿着两个兜的战士服装，提了只土黄色的提包，绿衣蓝裤地出现在我们面前。两年没见的大川，似乎比以前成熟多了，我们围在大川身旁打听空军，还有飞机场里那些神秘的飞机。我们虽然生在部队，长在部队，每天看见的都是清一色的陆军，枪呀炮的都不稀奇了。但对天上的飞机，尤其是战斗机，我们充满了好奇。当我们东打西问时，大川的一句话就让我们彻底断电了，他先是微笑面对我们，然后轻轻淡淡地说：保密。说完这话时，脸上的笑容都消失了。

白叔为了欢迎大川探亲回家，在家里请了一次客，特意叫上父亲去作陪，那天父亲很晚才回来，不仅酒气熏天，明显是喝多了。回到家里仍没有睡觉的意思，而是坐在沙发上，还让母亲给他冲了一杯茶，父亲就拍着大腿说：大川这小伙子成熟了，进步快，将来一定是个人才。父亲在那晚把这句话翻来覆去地说了好几遍。

那些日子，白叔也喜不自禁的样子，脸上挂着笑，目光里流露着不尽的幸福，接受着来自四面八方的祝福。这个说：大川这小子出息了，将来一定错不了。另一个也说：老白，大川这孩子还是你教育得好，刚当两年兵就出息成这样，你还有啥放心不下的……战友们越是这么说，白叔脸上的笑越是抑制不住，都快掉到地上了。

大概又是一年后吧，大川又一次回到了家里，果然出息了，两个兜的军装，换成四个兜的了。我们听说，大川现在是正排职机械师了，而且还是修理飞机的机械师，我们觉得跟工程师和科学家也差不了多少。大川不仅穿上了四个兜的干部服，还穿上了三节头皮鞋，鞋跟钉了铁掌，走在院内的水泥路上，一路咔咔作响，威风凛凛的样子。提干后大川的气场已把我们拒绝在千里之外了。只能远观，不能近看了。白叔的战友们，包括父亲，对大川也客客气气的。大川很会来事，遇到会吸烟的叔叔，从兜里掏出盒烟，毕恭毕敬地送上一支，然后说些成年人的话，不吸烟的叔叔阿姨，大川也会真诚地客气上一句：叔，婶，有空到家里坐呀。

那会，我就把大川当成了自己奋斗的目标，希望自己有朝一日也能穿上四个兜的干部服，把皮鞋钉上铁掌，然后也挺胸抬头地走路。

因为有大川参军的缘故，再加上白叔和李婶只生了立春，家里就只有立春一个孩子，按着当时的政策，只要提出申请，立春不用下乡，也不用参军，是可以直接在城里安排工作的。后来不知是白叔还是李婶怎么攒兑的，还是给立春报了名，又顺利地成了一名女兵。

我们这批新兵出发的前一天，我下午刚从武装部领回新军装，晚上正躲在房间里试衣服。穿上新军装，虽然还没有领章和帽徽，但看见镜子中的自己，比平时也稳重了不少，觉得自己离大川又近了一些。正胡思乱想着，有人敲门，进来的是李婶，李婶和母亲小声地说了几句话，母亲就推开我房间的门把我叫了出去。李婶热情地拉过我一只手，上下打量着我穿上新军装的样子，嘴里不停地发出“啧啧”之声，然后把我拉到沙发上，两只手分上下地把我一只手扣住，才说：老三哪，俺家立春也参军了。立春从报名到体检，最后接到录取通知书的事我都知道。李婶两只手扣在我手上就用了些力气，又说：老三，你和立春打小就在一起长大，到了部队上，你要多帮助她，你是个男孩子，许多事都比她方便。我望着李婶，又想起了小时候，每天在楼门洞前等立春上学的情景。她奉母亲之命，经常给我带馒头或者半块白面饼，有时我没有马上吃，就把馒头或饼放到书包里，热热的温度透过书包又传递到我的屁股蛋子上，直到现在，每每回忆起来，这种感觉还有。李婶说到立春，我心里就涌出许多仗义豪情，斩钉截铁地：放心吧李婶，立春有困难，我肯定帮助。直到这时，李婶似乎才松了口气，立起身，又上下打量了我，还伸手整理了一番我的衣领，顺手又在我的手臂上轻拍几下，才转身告辞。

李婶走后，母亲又过来盯着我的眼睛说：你李婶这么多年一直很喜欢你，她托付你的事，你可千万不能忘了。我点点头说：不会的，哪能呢。这个院的我们一起参军的，谁有困难我都会帮的。母亲又强调了一句：立春和别人不一样。我再看母亲，她就噤了口，不把后半句说出来了。

几年之后我才明白，李婶和母亲一手策划我和立春参军，她们是真心希望我和立春能够走到一起。因为李婶和母亲的关系，她们从认识到老一直是最要好的姐妹，她们相互串门，凑在一起说些只有她们自己知道的家长里短。包括她们退休后，仍然是形影不离。不知是两家的特殊关系，还是李婶对我情有独钟，总之，她们希望我和立春能成为一家人，来延续两家人的友谊。

以前我对立春真的没什么特殊感觉，就是邻居加同学，如果说到特殊关系，也完全是因为我们两家的父母走动频繁，相互要好。就在上高中二年级时，立春一下子在我们男生眼里鲜亮起来，由小辣椒变成了大白鹅，男生的目光被她吸引了大半。男生们议论立春的话题也渐渐地多了起来，总是大白鹅长大白鹅短的，语气语境充满了模糊不清的暧昧。立春吸引男生目光时，当然也包括我的目光，我们常回忆起立春小时候，又瘦又干的身子，还满头黄毛，两个影像不停地叠加在我的脑海里。

新兵连结束后，立春就被分到了军部的通信连。我则被分到了警卫连，虽然我们都在军部院里，通信连住在军部一旁的配楼里。我们警卫连营房离军部还有一段距离。

立春到通信连之后，便做了名话务员，负责接转电话。因为她们的总机就在军部大楼里，平时总是在军部大楼里进进出出，见立春的次数明显就少了起来。

立春不知怎么了，她自从参军，就很少搭理我们一起参军的同学。有一次林小兵找到我，把我拉到僻静处，翻着眼皮说：立春也太牛了，下午我在军人服务社碰到她，我上前和她打招呼，她鼻子里就哼一声，就像不认识我似的。

我有些吃惊，又问了一遍：真的？

林小兵：骗你干啥，不信你下次见到打个招呼试试。

刚到部队时，我们和立春都在一个新兵连，她们在女兵排，住在新兵连后院的两间平房里，训练时我们在一起，平时是两个院。在女兵宿舍和男兵院落之间，还设了一道岗，平时不让我们男兵轻易地进入女兵排驻地，训练完之后，很少能见到女兵排的人，当然也包括立春。

我们和立春分到军部时，我倒是见过一次立春，当时我在军部门口的哨位上站岗，立春从军部院里走出来，经过我面前时，她眼睛都没朝哨位上看。我见是立春，在哨位上制造出了一点动静，立春把目光投过来，见是我，她脸上瞬间掠过一丝笑意，但很快就不见了。轻声说一句：是你呀。然后一阵风似的从我面前走过去，空气中留下一股紫罗兰擦手油的气味。

立春回到院里时，我还没下岗，她手里拿着两根冰棍，一支已经咬了三分之一，另一支是完整的。路过我面前时，脚步停了下来，伸出那支完好的冰棍，手举了一半，又缩了回去，自顾自地说：你在上岗，不能吃东西。说完转身就走了。军装穿在她的身上，仍没影响她好看的身姿。

林小兵那次说完，我也觉得立春有些冷。这种冷说不清道不明，和上学时的冷还有点不一样，我在脑子里想着词汇来比喻上高中时的立春。对，就是高冷。现在这种冷，不是高冷，就是冷。两种冷不一样。似乎是她在刻意疏远我们。

到了新兵连半年后，我接到了一只母亲寄给我的包裹，是一袋枣还有一小袋冰糖，包裹里有一封信，母亲告诉我，枣和冰糖是李婶寄给立春的。当时我就不明白，李婶要给立春寄东西，为什么要经过母亲的手寄到我这呢。当时我认为母亲有些糊涂，还专门写信把我们军大院描述了一番，再次强调，立春的通信连就在我们军大院的西南角。枣和冰糖寄到我这了，我就得把它们完璧归赵。那是我第一次来到通信连，通信连的女兵多，她们的宿舍在配楼的二层，这里果然和我们男兵宿舍不一样。在楼道进门处，挂了一个白布帘，帘上印了一行红色的字：女兵宿舍，闲人勿进。因为我来之前和立春电话有约，显然不是闲人，我还是长驱而入了。立春宿舍在把门口左侧的第二间，轻敲了几下门，门立马就开了，立春睡眼惺忪的样子，昨天晚上她在总机值班，白天在补觉，我把枣和冰糖递到她手上。她歉然地说：班里人都在补觉，就不让你进去了。说完她就退回了宿舍，关门的一瞬间，我看见宿舍窗帘是拉死的，房间里有四张床，几个人都在蒙头大睡。

母亲又来信说，让我多关心立春，女孩子脸皮薄，让我主动一些，不要等立春上门求我。母亲几乎每封信都会提立春，让我心生反感，她又不是个孩子，有手有脚的，还关心什么，怎么关心。况且，我能见到立春的次数很少。

有时早晨出操，在通信连的队伍里我会见到立春的身影，她个子高，在女兵队伍里的第一排，通信连和我们警卫连出操的队伍，经常擦肩而过。每次和通信连的队伍碰到一起时，我们的口号声都异常洪亮，像比赛似的。

直到宋大川有一次在休假时，来到了我们部队，我才有机会和立春正儿八经地接触了一次。

七

大川来到我们部队那天是个周末，我正在水房里洗衣服，通信员喊我去连部接电话，电话通了才知道是大川打来的。我吃惊大川为什么会来到我们这里，揣着湿手来到军部招待所，见到大川时，大川正和立春站在招待所门口的台阶上，见我过来，快步迎过来，抓过我的手狠狠地握了一下，我感受到了大川的力气。他上下打量着我，最后把目光定在我的脸上道：老三长高了，也壮了。大川比我大哥还高出两届，我对大川有印象时，他在我眼里就是大人模样了。别说他平时很少搭理我们，就连大哥大姐也和他差两三个年级，大哥上高中时，大川已经参军走了。虽然我们曾住在一栋楼里，但平时接触并不多。大川依旧穿着上绿下蓝的空军服装，在我们陆军院内，很扎眼。大川和前两次探亲相比，更显老练了，他一手拉着我，一手拉着立春道：走，吃饭去。

我和立春面对面坐在一张桌前，大川忙着冲服务员点菜，我望着对面的立春，突然觉得有些陌生，这种陌生感不知从何而来，总之觉得她身上散发出一股成熟的气息让我陌生。大川很快点完了菜，扭过头问我喝不喝酒，我忙摇头。我知道自己下午还有一班岗。

菜很快上来了，大川给自己点了一袋啤酒，盛啤酒的容器是塑料袋，所以被称为一袋。大川潇洒地把袋里的啤酒倒在碗里，又洒脱地用三个指头把碗勾起来，喝了口酒才道：我休假回家，顺道来看看我妹和你。

我把目光扫向立春，立春的样子似乎不太高兴，用筷子在菜中间拨拉着，没有食欲的样子。后来大川又和立春说了几句自己的家，什么父母来没来信之类的。一顿饭吃完后，大川又把我们带出小饭店，我们一起往军部走。这时我才问他：大川哥，你在这里能待几天呀？大川还抬起手腕看了下表，似乎表上写着他离开的时间。在我们部队有资格戴表的人不多，按规定，干部才允许戴表。大川看完时间，才很干部地说：我这次就是路过，我妈来信说一定让我看看立春和你，我也看到了，放心了，明天一早的火车。说话间我们就回到了招待所的门前。大川立在台阶上，又伸出手，和我握了握，然后把两只手指头在太阳穴处挥了一下说：老三，好好干，那就再见了。我挥手向大川告别。

这是我这么多年第一次这么近距离地接触大川。大川竟一下子走到了我的心里，他的成熟、稳重，以及浑身上下军官的风范，当时在我的眼里，大川那身空军服装都显得那么与众不同。我觉得大川就是横在我面前的一座高山。

从那次开始，我就下决心提干，然后成为像大川一样成熟的男人。大川成了我的榜样，他的谈吐和做派深深地吸引着我。

那次之后的第二天中午，我接到了立春打到连队的电话，她告诉我，她哥大川走了。我“哦”了一声，立春就挂断了电话。立春是冰冷的。

不久，母亲给我来信说：大川回家探亲，她去看过大川，大川说我一切都好，让家人不要惦念。然后母亲又喜气洋洋地在信中描述，大川定亲了，女方是医院的一名护士，当年曾经是大川的战友，后来复员回去在医院当上了护士。母亲还说：那姑娘我见了，长得可叫个俊。母亲言辞之间透露着羡慕。母亲最后还说：让我和立春在部队多互相照顾，然后一起回家探亲。母亲在信中的思维无比跳跃。

立春依旧高冷，走在任何的地方都是一副目中无人的样子。渐渐地从通讯连就传出了她的外号，不知是谁，给她起的又贴切又形象的名字：雪糕公主。我第一次听到她这个绰号时，在心里笑了，又白又冷的立春，真的像块雪糕一样。

我又一次见到立春时，她电话约我在她们通讯连门口等她，我赶过去时，她已经在那了。见到我，从身后变戏法似的拿出一个包裹递到我面前说：这是我妈给你寄来的。我想起上次母亲寄来的红枣和冰糖。她看了我一眼，说了句：没事我就走了。我看着她挺着身子走到通讯连院里，连头也没回一下。我走在路上拆开了包裹，看到是几双李婶寄给我的鞋垫，我又想到了李婶慈祥的笑容，还有她早年间一次次塞给我的馒头和半块糖饼，心里就又热了一次。

参军一年半之后，我第一次探亲，早在探亲之前，母亲就一次次来信让我和立春沟通，最好能一起休假。我休假的时间确定下来之后，给立春打过电话，她正在总机房里值班，做了话务员的立春练就了一口标准的普通话，听起来就跟收音机里传出的声音一样，我说了自己的休假时间，她沉吟了一小会告诉我，她休假的时间还没定。

那次我是一个人回去休假的，我回到家里屁股还没坐热，李婶就赶来了，风风火火的样子。她急切地说：立春那丫头怎么没回来？李婶似乎真的有些生气了，又是拍腿，又是跺脚的。李婶说出去给立春发电报。然后就匆匆地走了。

我的假期还剩下三天时间，立春终于在她母亲三封电报的催促下回来了。立春回来当天晚上，李婶就在外面饭店订了一桌饭，约上我父母和我一同前往。席间，父亲和白叔是少不了酒的，两个人先是感叹我们孩子一个个长大了，自己老了。酒又喝得深入一些，就一起回忆起当年，某一次战斗，哪个战友牺牲了。父亲和白叔的回忆像电视连续剧，翻来覆去总也演不完的样子。母亲，李婶，我和立春很快就吃完了。李婶和母亲聊着家长里短，李婶突然看见我和立春无事可干，便冲我们说：你们先回去吧，没事就在外面走走。

我和立春就告辞了。走到外面的街上，我和立春一直无话。快走到部队院门口时，立春突然停下了，她没看我，低着头，用脚尖碾着地面，半晌才说：我知道我妈和你妈的意思。我一惊，不知她指的是什么，这会，她突然抬起头，冷静地望着我说：咱们之间没有可能。我突然明白她指的是什么了，心快速地跳了几下，一时不知如何回答她的话。

她又说：我和你不一样，你想留在部队和我哥一样干大事，我明年就想复员，然后上班。

立春从参军之初就不情不愿，要不是她母亲逼着她，她一定不会参军。

我和她慢慢往部队院里走，她在我身边又说：要不是为了你，我妈不会逼着我参军。在灯影里，立春还狠狠地瞪了我一眼，然后就快步地向她家的楼门洞走去，扔下呆若木鸡的我。直到这时我才明白，她把自己被母亲强迫参军的恨都归结到了我的头上。那天晚上，我似乎想了很多，又似乎什么也没想。许久我都不明白，李婶和母亲为什么那么希望我和立春走到一起。

那次回到部队之后，连队就把我当成留队骨干报到了上级机关。三年义务兵服役期满后，我的同年兵大部分都复员了。立春也在那一年复员了。我去车站送我的那些战友，看到了同样来到车站的立春，摘去领章帽徽的立春，背着行李，样子跟参军时差不多，但又不一样了。三年过去了，留在立春脸上的是成熟。这次她见到我却异常热情，主动打着招呼道：老同学，我走了，家里有什么事吗？面对她的热情我还有些不适应，忙笑笑说：一路平安。

立春复员不久，母亲来信说，她复员回去后就去服装厂上班了。不知为什么，从那以后，母亲很少在信中提及立春了。

我提干一年后休假回家，学着大川的样子，找出一身新军装，把部队配发的三节头皮鞋钉了铁掌，铿铿锵锵地走回到部队院里。走在路上，我的脑海里不断出现大川成熟老练的样子，不知在别人眼里又是个什么样子。

回到家不久，就听说立春找了男朋友了，是服装厂的一名技术员。有两天黄昏，我还在部队门岗处见过这名技术员，穿着中山装，衣服兜里别着钢笔，脸孔白皙，戴着一副眼镜。他腼腆地和立春告别。

李婶和我见面时，是在军人服务社门口，她见到我路过，惊叫一声从门里跑出来，看见我，不知为什么竟红了眼圈。立在我面前，上下打量着我，说了声：老三。李婶便哽咽了。见李婶这样，我心里就热了一次，向李婶面前走了两步，盯着李婶说：婶，你都有白头发了。李婶就哽着声音说：老三你出息了，和我们家大川一样了。我不是滋味地冲李婶笑一笑。

母亲那次在我休假期间对我说，立春为了找这个男朋友，和她母亲大吵了几次，立春最后扬言要搬出家，去外面租房子，李婶才妥协。

我回到部队半年后，母亲在一封信中告诉我，立春结婚了。她和父亲都参加了立春的婚礼。就此，母亲在以后的来信中，再也没有提过立春。

八

李婶还躺在病床上，身上插满了管子。她的生命通过各种管子和仪器游移着。母亲告诉我，李婶入院就这样了，已经持续有一段时间了。

白叔决定，在李婶咽气前，带大川回一次大川的老家，联系当地政府办让李婶和宋营长合葬一事。他的决定是和父亲说的，父亲不说话，很严肃地望着白叔。白叔拿出烟来吸，吸了几口把半截烟摁死在医院门外的垃圾筒里，干吐了一口，低声地冲父亲：我这嘴里一点味也尝不出来了，都是苦的。

父亲终于说：老白，这事关乎两家人，你再想想。

白叔和父亲都已经不年轻了，花白的头发凑在一起，他们的神情似乎是在研究商议一场战役。

白叔说：不把大川的娘送回老营长身边，我心不安。这阵子我总是做梦，梦见老营长说他冷，一个人太孤单，连个陪他的人都没有。

父亲抬起头，两人的眼里都含了泪，父亲下定决心似的说：那就按你的意思办，等咱们有那一天，相互陪着。白叔听了父亲的话，脸上涌出一片暖色，弯下去的腰还往上挺了挺。

白叔要带大川出发的那一天，母亲冲我说：老三你也跟着去吧，他们爷儿俩有事，兴许你能帮上忙。我想到病床上插满管子的李婶，脑子里李婶年轻时的样子连成串地在我脑子里闪现出来，我冲母亲点点头。

白叔先是带我和大川来到了宋营长的墓地前。这是一座小县城外的一片山岗，一座山上坐北朝南地修了一座墓，是水泥修成的，碑上有行字：宋清河烈士墓。通往山下有条小路，修着石阶，年代久远，石阶已有些破损，两旁长满了蒿草。有几朵变了颜色的纸花在墓地旁的杂草里飘舞。

白叔一上山，便蹲在墓地旁，打开随身带的包，提出一瓶酒，又拿出一只碗，把酒在碗里倒满，又点燃一支烟，插在墓地前的土里。然后自己缓缓地坐下去，哑着声音说：老营长，白大刚来看你了，这一晃好久没来了。

白叔抹了把眼泪，我知道，父亲和白叔以前每隔几年就要到这来看看，每次父亲回去都要沉默上好几天，经常望着什么地方发呆。记得父亲离休后，搬到了干休所，有一次他和白叔又来看老营长，回去后他莫名其妙地问母亲：人是死了舒坦还是活着幸福？这句话让母亲和我都大吃一惊。母亲呆怔半晌，小心地望着父亲说：咋，你中邪了？父亲挥挥手，恢复常态地说：我就是琢磨一下。过了几天，父亲才从他的魔怔中醒过神来。

白叔此时，把手搭在宋营长墓地的碑上，似乎扶着宋营长的肩头，他又喃喃地说：我知道你孤单，没依没靠，我还记着当年对你的承诺，这辈子我没和小花红过脸，大川从部队转业回来了，在民航机场当机械师，他还在修飞机。小花快不行了，我合计着，把她给你送回来，以后你身边就多了知冷知热的人，再也不会挨冷受冻，也有个陪你说话的人了。

白叔欠起身子，着墓碑站了起来，招呼站在一旁的大川，大川低着头走过去。白叔在墓地前让开身子，冲大川说：来，和你爹说几句话。

白叔冲立在一旁的我走过来，大川面对亲生父亲的墓，头更低了一些。记得大川高中毕业那一年，白叔带大川就来过这里，当时我是听立春说的。立春说这话时，语气轻飘飘的，她说：我爸带着大川哥去看他亲爸了。那会我已经知道大川的身世，也能从立春绕口令似的话语中明白来龙去脉。虽然知道大川的父亲成了烈士，但听立春这么说，又总觉得大川的父亲还活着。

立在父亲墓前的大川就叫了一声：爹。不知为什么，大川每次都叫白叔为爸，每次叫得都亲切自然。我第一次听见大川这么称呼自己的亲生父亲。这叫声，有些艰涩，又难以出口的样子。大川的身子抖了一下，应该是落泪了，半晌他又说：我爸非要把我妈百年后给你送来，让我讲真话，我不同意。

白叔听到了大川的话，他的身子一震，快速地把身子扭转过去，踉跄地走到墓地旁，冲大川叱道：这是我和老营长之间的事，你同不同意都没用。从小到大，我第一次见白叔这么和大川说话，像吵架。

记得大川上高一那一年，在学校里和人打架，他把别人打断了两根肋骨，自己的脑袋也被打破了一条口子，那天，大川捂着脑袋血葫芦似的走回来，只见白叔连滚带爬地从楼道里冲出来，惊惊乍乍地喊道：大川你有没有事，脑子还清楚不？不等大川答话，跑到自行车棚里推出自行车，驮着大川就奔了门诊部。第二天，大川头裹纱布去上学，只见白叔把大川的书包背在自己身上，随着大川一直走到学校大门口，才把身上的书包递给大川。一连几天都是如此，直到大川头上的纱布拆去，大川身后才不见了白叔的身影。

当时立春又告诉我：大川哥不让我爸送，说怕人笑话，我爸非得送。

后来我又听母亲说，因为那一次大川和同学打架，李婶给肋骨断的同学赔了鸡蛋、白糖，还有五斤猪肉才算过去。大川闯了这么大祸，白叔都没大声地和大川说过一句批评的话。

大川见白叔这么说，低着头不再说话了，冲父亲墓地鞠了三个躬就把墓地交给白叔一个人了。大川把我拉到一边，我们俩坐在山坡上，大川嘀咕着：一个死人还争来夺去的有啥意思。我知道大川说的是病床上的李婶。大川几年前就从部队上转业回来了，他在部队干到了机场场站站长，正团级职务。转业后就到了民航，他现在是民航维修站的站长。人到中年的大川，鬓角已经能够看到丝丝白发了。李婶没生病前，他每周都会带着老婆孩子回到干休所，陪白叔和李婶吃上顿饭，有时在晚饭后，还会陪着白叔在干休所院里散步。爷儿俩走在一起，虽然长相差距甚远，但他们的神态又是如此相似。

有一次母亲立在窗前，看着楼下白叔和大川走过，母亲就啧着嘴说：虽说大川不是老白亲生的，但他们走在一起，一眼就能看出他们是一家人。父亲坐在沙发上正在泡脚，听了母亲的话，把脚拿出来甩了甩道：别忘了，大川一岁半就和老白生活在一起了。这么多年，对大川比亲爹还亲。母亲不言语了，把目光从窗外收回来，落到父亲身上，一时间，母亲的神情有些恍惚。从小到大我多次暗自设想，要是白叔当年不娶李婶，母亲嫁给白叔，那又会是一番怎样的情形，我想象不出，生活没有假设。

那次我陪着白叔和大川从宋营长墓地回来，还没进家门，大川的手机就响了，我清晰地听见立春在电话里冲大川说：哥，咱妈醒过来了。

我们赶到医院时，奇迹真的发生了，不仅李婶醒了过来，她身上插满的各种管子也被医生撤了下去，只有监测生命体征的仪器还连在李婶的身上，医生说：各项指标都很平稳。

我们再见到李婶时，她的脸上有了血色，睁着一双眼睛，异常清醒地打量着我们。白叔一个踉跄奔到李婶床前，捉住了李婶的一只手道：小花，你可醒过来了。

九

李婶奇迹般地活了过来，又很快出院了。母亲跟我说：是宋营长显灵了，在佑护李婶。

大病初愈的李婶，又恢复到了往常的状态，最高兴的还是白叔，他的精气神似乎年轻了几岁，张罗着全家一起聚次餐。白叔自然又叫上了父亲、母亲和我作陪。

平时沉默寡言的大川哥，聚餐时话很多，不停地起身，端起酒杯敬白叔和父亲，也敬李婶，他和去他父亲墓前的状态判若两人，心里什么东西似乎放下了，他的眼里闪着光，不时地还冲我说：老三，你多喝几杯。父亲和白叔的明显不胜酒力了，喝了几杯后，就红头涨脸，话也稠了起来。唯有李婶安安静静地坐在那，不时地把目光定在每个人的脸上，然后笑眯眯地说：活着真好，因为有你们。说这话时，李婶的眼里闪着泪花。众人听了李婶的话，就一片唏嘘之声。大川带着我和立春，以及立春的丈夫，我们一起敬四位老人，参差地说着祝福健康长命百岁的话。

李婶最后把目光定在我的脸上，片刻，又把目光定在立春的脸上，她的目光不停地在我和立春脸上游移着。我明白李婶想的是什么，立春自然也明白，除了进门时，我们打过招呼后，立春便一直低下头，不时地夹菜，她也给身边的丈夫夹菜。昔日的服装厂已改成制衣有限公司，立春丈夫已成为副总经理了，虽然人老了一些，但依然是当年的风格，消瘦，戴着眼镜，说话总是慢吞吞的，永远地热烈不起来的样子。

见李婶不停地把目光落在我的脸上，我站起来冲李婶端起杯，再次祝她身体康复，然后又说了些花好月圆的话。我看见李婶的目光里又闪出了泪光，唏嘘了半晌道：我没想过，老三还能回来看我。没等我回答，母亲抢过话头道：他李婶，老三能不回来嘛，从小到大，你对他那么好，老三嘴上不说，他心里记着呢。

我望着李婶那张苍老的脸，想起小时候她对我种种的好处，我的眼睛也有些发热了。我知道在这个世界上，有两个女人对我最好，一个是母亲，一个是李婶。

在晚宴上，白叔还意外地站起来敬了母亲一杯酒，他站起身来时，手里的酒杯颤抖着，有几滴酒还洒了出来，他盯着母亲叫了声：小菊。母亲听了就把笑挂在脸上，开玩笑地道：老白，咱俩咋还客气上了呢。母亲意外地嫁给了父亲，在家里每每说到这一段时，她都以开玩笑的口吻冲我们说：妈这是傻人有傻福，要是不在当年找到部队，我上哪能找到你父亲，又怎么能有你们。

长大后，我私下里也问过母亲：你和白叔一共就见了两面，又好几年不联系，你咋想起来部队找人家了？母亲听了这话，收起脸上的笑，盯着我道：我们当年是订了婚约的，答应人家的事就要兑现承诺。

后来我又和母亲探讨过，白叔和父亲两个男人，在她心里谁更好，她拍了一下我的肩膀，脸红了一下说：你这孩子，有跟妈这么说话的吗。她没有直接回答我谁好谁坏，只是又补充了一句：你白叔真心不容易，对你李婶和大川真是一百个好。他是个男人，答应人家的事就得兑现。

虽然，母亲没和白叔走到一起，多年后的母亲理解了白叔所做的一切，平时白叔和母亲两人之间的关系也多了许多亲切。两人经常在院里的路上碰到，都会打招呼，母亲称呼白叔为老白，白叔则称母亲为妹子。遇到变天时，都不忘提醒对方一句：多穿衣服呀，身子骨可不比年轻那会了。有时白叔还热情邀约道：妹子，去我家，让他李婶做好吃的。母亲也说：来我家吧，我给你们整下酒菜。我一直认为白叔和母亲的关系很温馨。

此时白叔抖着手敬母亲喝酒，母亲也大方地端起杯子，看了眼李婶道：老白，这么多年你辛苦了，谢谢你对李姐的照顾和关心。

母亲刚说完这句话，李婶突然用手把脸捂上，放声大哭起来，全桌的人都惊诧地把目光投向李婶，我看到李婶的泪水顺着指缝流了出来。又过了一会，李婶才止住哭声，把手掌从脸上移开，红着眼睛站起来，端起一杯水道：我当着大家面，敬老白一杯，这么多年委屈老白了。李婶虽然年龄上还比白叔大两岁，但在人前她一直称白叔为老白。说完真诚地把水杯和白叔的酒杯碰了一下，这回轮到白叔手足无措了，他用手指着李婶道：这是咋了，当着孩子们的面说这话，好像不是一家人似的。白叔虽然嘴上这么说，心里却很受用，坐下之后，脸上仍带着一种成就感。

离休后的白叔和父亲，更多时间聚在干休所的凉亭下，手里不论冬夏，都端着一个保温杯，和战友们先是扯上一会天高云淡的话，唠着聊着，话题又扯到了当年，最后就说到了铁原阻击战。宋营长是绕不开的话题，每每这时，白叔就戚然地冲父亲说：也不知咋了，这几年老是能梦见宋营长，在梦里他不是说自己渴了就是饿了，要么就说自己冷，他走时，穿着单衣……父亲和白叔每次话题说到这，就打住了。父亲也戚然，两人的情绪都低落下来，沉默一会，不知谁先会说一句：回吧。两人立起身，端上各自的保温杯，伺偻着身子向各自的楼门走去。以前父亲和白叔是邻居，到了干休所，两家仍只隔了一个楼门。

我又一次接到母亲电话时，她哽着声音冲我说：昨晚你白叔走了。我一惊，好好的白叔怎么就走了。后来母亲跟我说，那天傍晚看见白叔还好好的，他在院里散步，碰到母亲还问父亲为啥没出来遛弯，母亲告诉白叔，父亲得了感冒，在家里发汗呢，白叔就嘲笑父亲身体中看不中用。入夜，父亲和母亲突然被救护车的声音惊醒，两人扒着窗子向外看，看见医护人员把白叔抬出楼门，放到救护车上，一溜烟地又开走了。父亲和母亲赶到医院时，才知道白叔已经走了。后来李婶说，白叔半夜去洗手间，最后就跌倒在洗手间里……

我赶回来时，白叔的骨灰已经装在了骨灰盒里。李婶整理白叔的遗物时，发现了他的一个日记本，那日记本上记录的都是他这几年做的梦，每个梦都和宋营长有关，两人在梦里有对话，一问一答的，就跟活着时一样。后来我看过白叔那个日记本，白叔记录的是梦又不是梦，他反复地提起自己走了之后，一定要把自己葬在宋营长的墓地，说宋营长活着时他没陪够，下辈子一定还要去陪他。

大川、立春遵照白叔的遗嘱，捧着白叔的骨灰盒，要去安顿白叔。父亲也要送白叔最后一程，被我们拦下了，父亲无奈地冲我说：那你就替我送你白叔最后一程。

我又一次来到了宋营长墓地前，把白叔葬在了距离宋营长不远处的一个山包上，两人相距不远，像邻居，小声聊天都能听到。当我们走上通往山下那条小路时，我回望了眼山顶，宋营长和白叔的墓地一左一右，我突然想起铁原阻击战。当年两人坚守的阵地，是不是这个形状，时隔多年，两个当年并肩战斗的战友终于又走到了一起。他们在另外一个世界不再孤单了。

白叔走后，李婶在那些日子里总是梦游似的喃喃自语：他还比我小两岁，怎么就走到我前头去了。疑问不解写在李婶的脸上，她逢人就说：老白这辈子对我好着呢，没跟我说过一句重话，就连脸也没红过一次，老白是个好人。他对得起他的宋营长，更对得起大川我们娘俩。

大川下葬了父亲之后，拍了一张照片，两个墓在一个画面里。大川把照片放大冲洗出来交到李婶手上，李婶呆定地看着两个墓，里面葬着她最亲近的两个男人。久久之后，泪从李婶脸上流了下来，她指着两个墓中间的空地冲大川说：我死后就埋在这，到另一个世界我还要去陪着他们。

我看见大川的泪从脸上流了下来。

琴声悠长

一

许多年以后，我们依然能在战区营院的某个角落听到悠扬的小提琴声，悠长的琴声似乎从远古走来，余音袅袅地在尘世间扩散。我们每当听到这小提琴声，步子不由慢下来，品味着每个音符在空气中的律动。我们还联想起拉琴的人——那位已在战区文工团退休的老人。不用看，我们也能想象得出，夕阳下，一位白发老人，颈下夹着那把和她几乎年龄一样久远的小提琴，面对着夕阳，深情款款地拉着心声，也奏着岁月。每每听着琴声，我们的思绪便穿越到了以前……

以前战区叫军区，军区家属院在军区办公区的后面，中间隔了两个月亮门，还有一个偌大的操场。在每天放学不久后，我们就会听到悠扬的小提琴声从某家阳台上传出来，不用抬头，我们就知道这是从冷美人杜鹃家发出来的。记得我们上小学四年级时，杜鹃已经上初一了，她和二哥、林大兵是同学，比我们高两个年级。

上了初一的杜鹃已出落得如花似玉了，个子高挑，走路挺胸抬头，身穿一件带花点的布拉吉。布拉吉其实就是连衣裙，但从杜鹃家人嘴里叫出来就成了布拉吉，我们都知道杜鹃的父母是知识分子，年轻时在苏联留过学，我们记事之后，就知道杜鹃父母是兵工厂的军代表，这个兵工厂生产一种叫导弹的东西。我们更知道，导弹要比我们手里的火药枪和弹弓厉害多了，我们就常常景仰着看杜鹃父母被一辆军用小轿车接来送去的，他们都戴眼镜，文质彬彬的样子，和我们的父母比起来就显得与众不同。先不说杜鹃父母，就说杜鹃，她有个姐姐已经高中毕业了，这一年已经下乡插队了。偶尔会风尘仆仆地从乡下回来，在家住上三五日，让菜灰色的脸变得红润起来后，便又回到插队的地方，接受贫下中农改造去了。杜鹃正在读初一,一直待在家里，她的脸色就一直很红润，都能拧出水来的那种润泽，双腿修长，皮肤白皙，每天放学在自家阳台上专心致志地拉琴，一头乌黑顺滑的头发也随之披散下来，遮住了她半张脸。杜鹃学习拉琴似乎有些年头了，只不过以前我们没怎么留意，直到杜鹃上了初中，她的人和她的琴呼啦一下子在我们眼前亮了起来。

我们注意杜鹃，不论是在她放学路上，还是在自家阳台上，她的身影和她的琴声无时无刻地不在牵引着我们的精力。但杜鹃却不睬我们，在我们眼里杜鹃高傲极了，她经常穿一双红色皮鞋，走在放学的路上咔咔有声，身上的布拉吉被风吹起一角，成仙得道的样子。不论我们在她面前如何疯跑，她的目光似乎从没在我们身上停留过，目空一切地咯噔咯噔地从我们眼前走过。我们就很气愤。同学朱革子就结结巴巴地说：不行，咱就削……削她。我们不敢无缘无故地削人家，但我们偷袭她的本事还是有的。当太阳西沉，暮色四合时，天就暗了。父母早已下班，穿过操场，又穿过两个月亮门，回到家里，家家户户便飘出一缕缕炒菜的香气。杜鹃的琴声依旧在这菜香里飘荡，夕阳下，她在阳台上的身影成了一个剪影，随着暮色渐浓，我们的胆子就大了起来，我们人手一把弹弓，躲在树后，目标瞄准杜鹃家阳台，我说了声：操家伙。伙伴们弹弓的皮兜里早已夹上了石子，这时纷纷地射向了阳台上的杜鹃，不知击没击中杜鹃，反正听到她家阳台上一阵乱响，杜鹃也随之惊叫一声，扭着她那很好看的腰身躲进了屋内，我们就作鸟兽散。我们偷袭得手，兴奋异常，飞跑着在家属院的路上，终于到了一个僻静处，朱革子一张脸因兴奋都变得扭曲了，又结结巴巴地说：打……打中了，打在她，她屁股上了，哈哈哈……朱革子的笑声一点也不结巴，很畅快淋漓的样子。

我们这些玩伴大都是同学，也有高年级的，比如林小兵，就比我们高一届。他是林大兵的弟弟，二哥、林大兵和杜鹃都是同学。林小兵个子长得小了些，虽然比我们高一年级，但个头似乎和我们相差无几，他也曾试图和二哥、林大兵等人打成一片，但人家压根不正眼瞧他，林小兵只能高不成低不就地和我们混在了一起。几次骚扰杜鹃之后，林小兵就提出了异议，他假模假式地托着腮道：咱们这样不好吧？我说：有什么不好的，谁让杜鹃不正眼看我们了。林小兵就摇头，故作深沉地：人家是高年级的同学，我们要尊重人家。林小兵的话在我们听来狗屁不是，二哥和林大兵他们也是高年级学生，但他们从来不轻视我们，往往在我们危难之时总是及时出手相救。我们这些军区大院里的孩子，总是会遭遇地方学校那些人的抢劫或者围攻。我们军区子弟的八一中学和地方上的育红中学相隔不远，只隔了一条街，上学放学时两个学校的学生经常交叉在一起。我们这些人大都穿着被改制过的军装，戴着或真或假的军帽，就连手里的火药枪也比育红学校那些人的高级，于是经常有育红中学高年级的学生，出其不意地把我们堵在路上，要么抢我们的军帽，要么抢走火药枪。每每这时，二哥、林大兵等人都会及时出现，他们双腿叉在地上，身子并不离开自行车，高喊一声：住手。每每这时，育红学校那些人就作鸟兽散了，也有胆大的，他们仗着人多势众，反身又把二哥、林大兵等人围了。此时的二哥等人并不慌张，他们潇洒地从车把上摘下鼓鼓囊囊的书包，把自行车推倒，我们知道，二哥他们的书包里除了装有书本之外，还都装着半块砖头，砖头用报纸包裹了，沉甸甸地装在书包里。有一次我看见二哥仔细地把半块砖头装进书包里就好奇地问：装砖头干什么？二哥不耐烦头也不抬地：不用你管。我又说：你不说我也知道干啥用的，是不是为了打架用？！二哥就把目光定在我脸上，狠狠地说：等我们打架时你离远点。我们看见二哥他们摘下书包就异常兴奋，果然，二哥他们抡起书包向围上来的人群砸去，咣当一阵乱响后，那群育红学校的人就抱头鼠窜了。二哥他们平时从来不和我们玩，但每到关键时刻，他们就像神兵天降总能及时地出现在我们面前。

杜鹃却不一样，不论我们如何千呼万唤，她连睬我们一眼都懒得睬，所以我们为了引起她对我们的重视，就不断地袭扰她。弄得她总不能专心在阳台上拉琴，经常大呼小叫地把琴扔在阳台上，自己钻进屋里。后来她干脆不在阳台上拉琴了，而是在家的客厅里拉，弄得我们很是挫败。

记得我们上五年级的暑假，最初放假的头几天，杜鹃在我们的视线里失踪了，我们多次跑到她家楼下引颈张望，她家阳台，包括屋内，静悄悄的，一点声音也没有。我们失去了侵扰目标，都觉得心里空空落落的。突然有一天下午，我们正在小树林里用弹弓打鸟，朱革子慌慌张张地跑来，还没站定就兴奋异常地说：回……回，回来了，杜杜鹃。

我们终于听到了久违的琴声，后来我们才知道，放假后杜鹃随父母去北戴河了。北戴河有军区的疗养院，我们的父母经常在每年的夏天，轮流着去北戴河住上几天，我们大都随父母去过。洗几次海水澡，捡几只沙滩上的贝壳，这样能让我们高兴一整个夏天。

不知是北戴河让杜鹃变了模样还是她上了初二之后人就变了，总之，在那个夏天我们发现杜鹃似乎和以前有点不一样了，头发松散地在肩上披着，布拉吉穿在她身上一下子也紧绷起来。我们远远地望着阳台上拉琴的杜鹃，一时有些口干舌燥，心里不知哪根弦动了，似乎杜鹃没变，是我们变了。我们又一次在袭扰完杜鹃后向锅炉房里跑去，锅炉房那里夏天没人，成了我们重要的据点之一。那天我们还没跑到锅炉房，就被林大兵追上了，眼见着他撩开大步，几步就蹿到了我们的前面，回转身子把我们截住，脸不是脸鼻子不是鼻子地说：谁让你们干的？我们一时没明白过来，我们侵扰杜鹃和林大兵没有一分钱关系。我们都怔怔地望着他，林大兵劈手从我们手里夺下弹弓，铁着脸说：以后你们要再这样，看我怎么收拾你们。说完一扬手把我们的弹弓扔到了锅炉房的房顶上，又狠狠地瞪了我们一眼，挺着身子走了。我们丈二和尚相互呆望着，许久也不明就里。

也就是在那一天，我们发现林大兵也和以前不一样了，他的上唇长出了茸毛，还有他说话时上下滚动的喉结，还有他的身板似乎也比以前宽厚了许多，确切地说，他更像个男人了。

林大兵的家住在杜鹃家对面那栋楼，两家都住在三楼，相同的单元，也就是说他们能隔空相望。有了林大兵的介入，我们袭扰杜鹃的计划受到了空前的打击。每次路过杜鹃家楼下时，我们心痒痒，手也痒痒，都扭头去望林大兵家的楼层，我们发现林大兵正从窗子探出头，虎视眈眈地望着我们。我们吐吐舌头，心不甘情不愿地只能灰溜溜地逃走，身后是汪洋一片的琴声。

林大兵在我们心里是个狠角色，记得一年前他和地方上的几个孩子打架，他和二哥两个人被十几个同龄的人围住了，那些人的目标就是要抢他们的军帽。二哥和林大兵的军帽都是真的，二哥的军帽是大哥参军后特意寄给二哥的，二哥以前戴的都是假冒伪劣的军帽，二哥视正品军帽如生命，就是睡觉时都放在床边伸手可及的地方，每天起床没刷牙没洗脸就把军帽戴在头上，气得父亲骂他：你的脑袋卖给那顶帽子了。骂得二哥脸红一阵白一阵的，但他仍像和帽子连体一样长在一起了。林大兵是家里的老大，没有哥哥送给他军帽，但他这顶军帽是父亲的一个战友送给他的。记得二哥和林大兵拥有新军帽之后，两人还去照相馆拍了几张照片，有两人的合影，也有单人照，帽子都是照片中重要的道具，为此，他们嚣张嘚瑟了好一阵子。十几个人围住了二哥和林大兵肯定是场恶仗，他们书包里的砖头都抡飞了那十几个人仍没退却，最后是二哥和林大兵又抡起了自己的自行车，结果是，他们的自行车都干报废了，车圈变成了方形，三脚架也散了。事后有几个人皮开肉绽地去医院缝针，我母亲和林大兵的母亲结伴去医院为人家付医药费，这事才算了结。

二哥和林大兵知道惹了祸，两人都没敢着家，跑出了城市，去了辽北的调兵山，说是要去打游击再也不回来了，后来是被当地民兵发现被俘，又押解回到了军区。二哥自然受到了父亲一顿皮带的招呼，鬼哭狼嚎自不必说，林大兵的父亲是军务部的副部长，他扯着嗓子喊：无组织无纪律，如何做革命的接班人！父亲听了林副部长训斥孩子的话感到汗颜，他抡起皮带的手臂耷拉下来，气咻咻地冲二哥咒骂道：下次你再敢，看老子怎么收拾你。虽然二哥和林大兵那一仗代价惨重，但二哥和林大兵的形象在我们心里高大起来。我们不明白，袭扰杜鹃碍着林大兵什么事了，不管我们能否想得通，总之，我们袭扰杜鹃的行为在那个暑假终止了。

二

从那以后，我们经常可以看到林大兵和杜鹃如影随形的场景。更多的时候，是林大兵的自行车后座上坐着杜鹃，林大兵俯下身子，总是把自行车骑得飞快，杜鹃的一只手揽了林大兵的腰，掠过他们的风让杜鹃的长发在风中飘起，就像一面猎猎张扬的旗帜。那一年林大兵和杜鹃正在读高一。读了高中的学生明显地和我们这帮小破孩儿不一样了，他们男男女女成群结队，当然这一切仅限于在大院之外时的样子，只要一回到大院眼皮底下，他们立马恢复了原形。我们亲眼看见，离大院还有几百米的地方，杜鹃便从林大兵车后座上跳到地上，林大兵回了下头，小声地说了句什么，看见杜鹃唇红齿白地笑一笑，然后林大兵没事人似的把车骑走。杜鹃故意放慢脚步，让自己和林大兵保持一定的距离，依旧高傲冷漠地往回走。

我们一直不明白，杜鹃和林大兵在一起时，总是小鸟依人百依百顺的样子，可一离开林大兵她就又恢复了固有的冷漠。在我们眼里杜鹃简直就是双面人。他们的地下恋情仅限于我们这些学生知道，家长一定不知道。回到家的杜鹃又是个好孩子了，站在自家阳台上，小提琴声又悠扬地响起。我们从那以后又多次地路过她家楼下，琴声似歌似诉地在头顶上方飘来，我们的心就痒痒的，手插在裤兜里，握着弹弓的手已经潮湿一片，我们多么希望把弹弓拿出来，朝高傲冷漠的杜鹃射去，可是我们不敢造次，知道在对面的阳台上正有一双眼睛在注视着我们。我们走过一段，回头朝对面阳台上张望时，果然看见了林大兵站在自家阳台上，不过他的目光并没有盯向我们，而是落到对面阳台杜鹃身上，他就像一个忠实的听众入神入定地欣赏着音乐。

我们想袭扰高傲冷漠的杜鹃，在林大兵的保护下，我们并没有下手的机会，只能心有不甘地转到大院后面那片树林里，把弹弓里的子弹一次次射向那些无辜的鸟。一群又一群的鸟们被我们惊飞，最后整个树林里连一只鸟也没有了。我们似乎并没有把内心的火气发泄出去，大眼瞪小眼地互相瞅着，突然发现了人群中的林小兵。林小兵姥姥不疼舅舅不爱地沦落到和我们混在一起，虽然他比我们大一岁，又高一年级，但我们并不怕他，这时，我们把所有的火气都发泄到他身上。朱革子过去，用手指着林小兵的鼻子，结结巴巴地说：都……都怪你，你哥，我……我们没，没法对杜鹃下手。

林小兵知道自己的势单力孤，一面讨好地望着我们，一面说：同学们，我哥和杜鹃交朋友了，咱们自然再也不能用弹弓射杜鹃了，这是大水冲了龙王庙了。

以前，林小兵和我们一起袭扰杜鹃时，比任何一个人都积极，他射了一次，跳着脚举起手中的弹弓说：打中了，是我打中的。他因激动五官都快变形了。因为他比我们大一岁，又高一个年级，每次游戏时，他站在我们中间都像是一个带头大哥的样子，但我们并不在意他，想玩就来，不想玩就走。因为林小兵一直高不成低不就，没找准自己定位，只能屁颠地和我们混在一起。

我们突然发现，林小兵说起杜鹃时比任何人都要激动，先是呼吸急促，然后脸就涨红了，声音也抖颤着，仿佛杜鹃不是和他哥林大兵恋爱而是和他。从那一刻开始，我们似乎找到了发泄口，不能袭扰杜鹃不是林大兵的错而是因为林小兵。我们确认过眼神之后，就把林小兵围在当中，林小兵刚开始以为我们在和他做游戏，转着身子看看这个望望那个，嘴里云淡风轻地：咱们抓特务哇，但不能让我一个人当特务。后来他看我们眼神并没有游戏的意思，便紧张起来，脸上的笑容也收了起来，磕巴着说：你们要干啥，这是要干啥？我们一群人不知谁先呜嗷一声冲了过去，紧接着我们就对林小兵群起而攻之了。轻而易举地把他撂倒在地上，拳头和脚又落到了他的身上。林小兵弓起身子，双手抱头，哀号地求饶着：你们这是干啥？别打了……不知过了多久，我们就散开了，好久，林小兵才鼻青脸肿地从地上爬起来，哭丧着脸，满脸鼻涕眼泪地说：你们为什么要打我……然后又一步三回头心有不甘地离开了。

在我们眼里，林小兵简直就不是林大兵的亲弟弟。林大兵在我们心目中就是个英雄，长得人高马大，孔武有力，我们亲眼看见林大兵打架时从来不说话，总是先把眼睛眯起来，胸脯起伏着，垂落的手先是握成拳头，我们都能看见他拳头上的青筋直跳，然后“啊”地大喊一声向他眼前的“敌人”冲去。林大兵打架的样子就像下山的猛虎，威风凛凛，让人心寒胆战。在我们心里，林大兵是个狠角色，他和二哥等人联合起来，所向无敌。可林小兵却是另外一个样子，生性胆小，大一些和同龄的孩子都不爱搭理他，只能和我们混迹在一起。

痛打了一顿林小兵之后，他并没有告发我们，我们从父母对待我们的态度上便可见一斑了。以往我们在外面惹了事，让人告到家长这里，轻者一顿臭骂，重一些，父亲的皮带就在我们的身上招呼了。

那几日，我们远远地看见林小兵，他脸上的瘀青还没散尽，他贼眉鼠眼地在离我们不远不近的地方走着，看他的样子怪可怜的，可一想到无法袭扰杜鹃，我们心里还是生气。几日之后，在我们的队伍里，又看到了林小兵，此时他脸上的瘀青已不见了，正好了伤疤忘了疼地望着我们，这次还主动地从兜里掏出一把水果糖挨个分发给我们，一边分一边说：我爸去上海出差带回来的，你们尝尝，可好吃了。糖放在我们嘴里，甜在我们的心坎，自然对林小兵的怒气就少了一半。

自从我们发现林大兵和杜鹃好上后，二哥和林大兵以前形影不离的情形也不见了，经常见他一个人骑着自行车在马路上闲逛。我不知二哥此时是何种心境。我和二哥每天睡在一个房间里，我们睡的是上下铺，我睡在下铺，他睡在上铺。二哥经常不着家，有时我睡着了他才回来，我睁开眼睛时，他已离开了家门，给我的感觉是家里似乎没有二哥这个人。只有白天在学校里，我才能看见二哥晃来晃去的身影。有一天，二哥回来时我还没睡着，他轻手轻脚爬到上铺去，我闻到了一股臭脚丫子味，我忍不住说：老二，你没洗脚。我在家从来不叫他二哥，而是学着母亲的口气叫他，他从来不挑这个，无论我叫不叫他哥，他总是把我当弟弟。在学校里他经常找到我问：老三，有人欺负你吗？他的眼神落在我身上就是哥哥望弟弟的样子，不论我在外面闯了多大祸，一想起二哥我心里就踏实。

我说他脚臭，他就把头从上铺的一角探下来，呛白我道：不好闻你就把被子蒙头上。我没搭他的茬，又说：林大兵和杜鹃谈恋爱了，你知道吗？二哥马上又把头探出来，压低声音说：这事你自己知道就行，可别告诉爸妈。我没吭气，盯着上铺，心里却想着另外一层意思，然后又说：林大兵一恋爱，你就没有伴了。我觉得这事对二哥挺不公平的，在林大兵和杜鹃好上前，二哥和林大兵好得跟一个人似的。二哥嘀咕一声：你别瞎操心，我和大兵永远是好朋友。二哥觉得我的话不值得一提，他翻个身很快就睡着了，还响起了鼾声。我却久久没有睡着，琢磨着睡在上铺的二哥。

二哥和林大兵还是好哥们，他们高中一毕业便双双当兵了，两个人参军却不是一个地方，二哥去了北部边陲，林大兵去了南方。两人穿着新军装，站在接新兵的卡车下，两人拥抱在了一起，双双捶打着对方的后背道别，他们身体分开时，我还看到了他们各自挂在眼角的眼泪。他们各自上了车，车启动时，竟无语凝噎，只是用力地朝对方挥着手臂。这一切都是后话了。

那年唐山发生大地震后不久，海城也发生了地震。整个军区大院也开始抗震了，楼下空地上搭起了许多帐篷，军区放映队在操场上支起了银幕，开始连轴转地放露天电影。有许多电影我们早就看过八百回了，但还是拿出来放了，一部接着一部，大都是战争片，从银幕方向一阵阵传来枪声，还有一阵阵震耳欲聋的炮声。这声音让我们半大孩子异常亢奋，浑身的细胞在体内激荡着，我们在银幕周围疯跑着。

突然，我们看见了林大兵的身影，紧接着我们又看见了杜鹃，他们一起钻进了操场一旁的小树林里。我们看见两个人钻进小树林里，似乎发现了新大陆，相互招呼着，蹑手蹑脚地也尾随他们而去。我们匍匐在草地上，随着银幕一闪一闪的亮光，我们看见林大兵和杜鹃站在一棵树下，杜鹃似乎刚洗过澡的样子，头发一绺一绺地垂在脑后。她仰起脸面对着人高马大的林大兵，两人似乎说了句什么，又似乎什么也没说，只见林大兵突然上前一步，把杜鹃搂在怀里，我们的心跟着一起忽悠一下，又看见林大兵用身体把杜鹃抵在一棵树上，他们的牙齿似乎也碰到了一起，依稀听见清晰而又分明的撞击声。接下来两人慢慢向草地上倒去，然后我们便什么也看不见了，只有那棵他们刚才抵过的树依旧兀自孤独地立在那。在我们的身后有一个人粗重地喘息着，这声音在远处的电影传来的声音里异常突兀。我们没来得及去寻找这声音出自何方，却突然听见一个人高喊了一声：地震了……这声音听得我们一激灵，连滚带爬地跑出小树林，待定下神来，才发现有人在谎报军情。朱革子跳将出来，审视着每个人的脸，结结巴巴地说：是谁，谁喊的……我们相互对望着，希望找到那个谎报军情，搅了我们看一出好戏的人。站在不远处的林小兵，此时低下头，默默地离去，一直看到他的背影消失在电影屏幕透出的光影里，我们才恍然大悟，原来就是他喊地震了，那个粗重的喘息声无疑也是他发出来的。这事过去好久，我们依然不明白，林小兵为什么要喊那一嗓子。

很快我们就长大了，我们上初二时，二哥、林大兵、杜鹃他们就高中毕业了。二哥和林大兵双双入伍去了外地，杜鹃也参军了，她因为能把小提琴拉得出神入化，被军区文工团招去做了音乐队的一名学员。他们离开了我们的视野，直到这时，我们才发现，原来林大兵和杜鹃是那么的相配，两人在一起出双入对是那么相得益彰。

三

林小兵是和我一批入伍的，他比我高一年级，去乡下插了一年队，在部队我又一次见到林小兵时，发现他比我们成熟了不少，身子壮实了许多，看我们的眼神也不像以前那么游离了，像一颗钉子扎在我们脸上，昔日那个软弱的林小兵不见了。因为他有一年插队的经历，在新兵连还被委以副班长的重任，当上了副班长的林小兵举手投足就有些模样了。我们高中毕业那一年，许多人都想参军，可指标只有那几个，竞争还是很激烈的，说话结巴的朱革子也报了名，在外观目测时，就被接兵的领导给刷下去了，原因就是他的结巴。我们那批同学，只有我和李大卫两人成功地参了军，也是我们俩算是对林小兵知根知底。新兵连结束之后，我和李大卫分到了一个连队，林小兵去了另外一个连队，虽然不在一个连队，相距都不远，经常能碰上面。我们见面时，聊得最多的不是我们自己而是二哥和林大兵，因为两个人参军后进步神速，一年半入党，不到两年就双双提干了，各自在部队当上了兵头将尾的排长。一说起林大兵，我们就会联想起杜鹃。李大卫就问林小兵：你哥和杜鹃的关系咋样了？林小兵被这么问了，眼神又迷离起来，呼吸似乎也加重变粗了。他不望我们，目光盯着天边的某一处，迷离着眼神说：我哥来信说了，等他探亲回家就和杜鹃订婚。我们听了林小兵的话，为林大兵和杜鹃终于能修成正果，真心实意地高兴了一阵子。离开军区大院，离开杜鹃我们才真正地发现杜鹃是美丽的，个子高挑，双腿修长，还有那一头披肩长发，可能是拉小提琴的缘故，她总有和一般女孩子不一样的气质。起初我们不明白那究竟是种什么气质，后来我们才明白，那叫文艺气。我们团部也有一些女兵，卫生队，通信连都有，这些女兵在我们眼里和杜鹃比起来，简直连土豆都不是，要么矮要么胖，也有瘦的，像还没脱毛的小鸡崽儿似的，总之，这些女兵和杜鹃比起来天上地下，不好形容。

1979 年那年的春节前两天，我和李大卫已经参军满一年半了。我们俩结伴回家探亲，林小兵没走，他已经被他们连队列为提干的对象，把春节探亲的名额让给了别人，甘愿在连队放哨值班。我和李大卫在回家探亲的路上，狠狠地嘲笑了林小兵一番。我和李大卫回家的第一天，就看见了也回来探亲的林大兵，林大兵参军比我们早两年，细算下来，他已经参军三年半了。此时他的身份已经是南方军区某部的一名排长了。三年多没见的林大兵果然不同凡响了，他不仅穿上了四个兜的军官制服，还穿上了只有干部才能穿的三节头皮鞋，我们看见他时，他正挺胸抬头地和杜鹃走在一起，这时我们才发现，杜鹃也穿上了四个兜的干部制服，后来我们才知道，杜鹃参军到文工团是以学员的身份，三年的学员生活结束之后，她便顺利地成了一名文工团员。此时两个同为军官的青年男女走在雪地上，映照得他们的绿军装光彩夺目，他们的脸也都红扑扑地透着无以言说的幸福。我和李大卫发现了这郎才女貌的一对恋人，不知为什么，我们竟觉得无言以对，灰溜溜地走了。我们刚到家就知道，林大兵已经回来几天了，他和杜鹃已经订婚了。其实所谓的订亲就是走个形式，早在订婚前他们都向对方父母做了汇报，林大兵的父亲是军务部的副部长，杜鹃父母都是兵工厂的军代表，两家不仅都住在一个家属院，还是前后楼，两家自然知根知底早就默许了他们这种恋爱关系。订婚无非是把这种关系点破了，两家人在一起热闹着吃顿饭，说些花好月圆的话。但订了婚对两个恋人来说他们的关系却不一般了，以前林大兵用自行车带着杜鹃从外面回来，离门岗老远杜鹃就从林大兵的自行车后座上跳下来，一前一后装作没事人似的回来，可现在他们可以堂而皇之地出双入对了。探亲回来的头两日，我扒着窗子看见林大兵和杜鹃两人频繁地在院里进出，想起几年前看露天电影的那天晚上，两人相拥着双双跌倒在小树林里的情景，最后两人发生了什么，我们不得而知。

大年初一那一天，我和李大卫接到了连队的加急电报，电报内容简短，只有三个字：速归队。我们不知道发生了什么，军令如山，我和李大卫收拾了一下，在家属院的月亮门集合，我们要奔赴火车站，搭最近的一列火车归队。当我们俩在月亮门见面时，我们又一次看到了林大兵和杜鹃，林大兵提着一个提包，肩上还挎了一件，他们也匆匆地向外走来，林大兵先发现了我们，怔了一下，叫了声：老三，你回来了？他又把目光定在李大卫身上，李大卫抿着嘴冲林大兵笑了笑，很快又把目光落在杜鹃身上。林大兵走近一些，也发现了我们的装束，怔了一下又说：你们也归队？我点下头道：部队的电报说让我们速归队。林大兵的神色就郑重起来，他伸手在我肩上拍了一下道：军情紧急，保护好自己。

那天，我们和林大兵一起来到了火车站，开往南方的列车先到的，杜鹃送林大兵走后，红着眼圈走出来，看见了我和李大卫，忙把脸上的泪痕拭去，还冲我们咧嘴笑了一次，然后低着头悲悲戚戚地走了。我和李大卫用目光一直注视着杜鹃的身影消失在车站广场的另一端。我们谁也没有料到，我们在车站和林大兵分手竟成了永别。

我们归队后才知道，不仅我和李大卫归队了，所有休假的干部战士都归队了，春节还没过完，我们的部队就向北部边防开去。一个多月后，那场著名的南疆反击战打响了。我们北线部队几个月后撤回来时，我接到了二哥的来信，二哥也到了北线部队的前线，他和我们不是一个军，驻军的地方还是有一段距离的。我参军后，二哥就隔三岔五地给我写信，让我严格要求自己，积极向组织靠拢什么的，以前那个无拘无束天王老子都不怕的二哥不见了，换成了一副正儿八经的面孔，要求我这，教育我那的。这次二哥来信没再说教育我的话，而是告诉我一条惊人的消息：林大兵牺牲了。军区为林大兵开了一次追悼会，就在军区礼堂，二哥作为林大兵的生前好友也参加了。他还在信中说，杜鹃在追悼会现场，手捧林大兵遗像哭得昏死过去……我读完二哥的来信，几乎惊呆了，大脑一片空白，一次次想象着林大兵追悼会的场景，苍松翠柏簇拥着林大兵的遗像，林大兵的遗像一定是微笑面对着所有的人，而杜鹃呢，则是捧着林大兵又一幅遗像，站在主席台上，哀乐低沉，人们脱帽向林大兵告别……我眼前还闪过春节前两天见到林大兵和杜鹃相亲相爱走在大院里的情景，这一切如烟似雾，就像一场梦。

那年的五一前夕，连队又批准我和李大卫探亲，休还没有休完的探亲假。跟我们回来的还有林小兵。此时的林小兵已经提干了，他是在北部边防线上火线提干的，入伍还不满一年就入党，这次执行任务又火速提干，让我和李大卫感到汗颜，我们在北线执行任务时刚递交入党申请书。林小兵显然早就知道哥哥牺牲的消息了，似乎早已平静，但他的脸一直紧绷着，一路上话也没说几句，目光一直望着车窗外，不知他在想什么。

回到家之后，我又听到了一个惊人的消息，杜鹃要在五一这天举行婚礼，她的新郎仍是牺牲的林大兵。两人在春节前订婚时，就定下了五一这天是他们结婚的日子。杜鹃结婚我们不吃惊，林大兵明明牺牲了，她还坚持履行自己的婚约就不能不让我们感到意外了。她是怎么说服自己父母的我们不得而知，就连母亲一提起杜鹃都连声叹息：难为杜鹃这孩子了。

五一这天，杜鹃和林大兵的婚礼还是如期在军区礼堂举行了，我和李大卫相约着也去了，来到现场才发现现场来了许多人，不仅有双方父母，还有部队的首长，其他官兵和家属更是早早地把礼堂挤满了。礼堂的舞台上，挂满了纸花和鲜艳的气球，台上还有文工团的乐队也整齐列好，随时准备奏乐的样子。主持婚礼的是文工团的李团长，他站在舞台中央，手拿麦克风，他用哽咽的声音宣布：林大兵和杜鹃的婚礼正式开始。然后我们就听到乐队奏响了《婚礼进行曲》。随着音乐奏响，我们看见身穿婚纱的杜鹃缓缓地从侧幕走出来，她的身边站着的竟是林小兵，此时的林小兵胸前捧着哥哥放大的照片，两人站在台上，林小兵胸前哥哥的照片正微笑着凝望着我们，他的目光坚定而又自信，此时他在天有灵应该是幸福的。五一是他和杜鹃约定的大喜日子，他不应该忘记。我们的目光又投到林小兵脸上，不知为什么，他竟一脸平静，看不出是幸福还是悲伤，我又想起那次露天电影在小树林里，看到林大兵和杜鹃跌倒在草丛中，他为什么要喊地震了。事后我们曾问过他多次，他都一脸神秘地说：不告诉你们。此时，我发现林小兵的脸上又露出那种神秘的表情。后面又进行了什么样的程序我似乎不记得了，只记得李团长宣布婚礼结束时，杜鹃一头栽倒在舞台上，整个现场就乱了。

救护车很快地来了，我们看见林小兵抱起穿着婚纱的杜鹃上了救护车，门还没来得及关上，救护车便鸣叫着向医院驶去。

几天后，我听说杜鹃昏倒是因为得了一种叫贫血的病，住了几天院杜鹃就出院了，再次见到杜鹃时，她的脸色就很苍白，但人依旧生动漂亮，走在家属院里，目不斜视，高跟鞋敲击在马路上的声音让我们只能对她敬而远之。她还是那么高傲冷漠。

不知为什么，林小兵似乎也变成了另外一个人，他的目光开始深邃，深不见底的样子，经常咬着嘴角在思考问题。我们在探亲休假那几日，不停地参加同学聚会，叫了林小兵几次，他都没有参加。朱革子已经从农村插队回到了城里，在一家木材加工厂上班，他喝了几杯酒之后，就结结巴巴地说：小，小兵这小子，不，不是爱上他嫂子了吧。我们听了朱革子的话都一怔，过了好久，都没人接朱革子的话茬。杜鹃名义上是林小兵的嫂子应该没错，可我们知道，林大兵和杜鹃并没有登记，只举行了名义上的婚礼。在法律上应该不作数的。

四

五一之后，回到部队不久，收到了朱革子的来信，他在信中告诉我，杜鹃住院了，医生说她的贫血很严重。还说，军区正在讨论要把林小兵调回到城里，原因是林大兵牺牲了，林副部长也大病了一场，身边没孩子照顾。朱革子的信写得思路清晰，有条有理，和他的结巴形成了强烈的反差。

果然接到朱革子的信不久，林小兵就接到了军区的调令，走前，他来和我们告别。林小兵变得很深沉，目光早就不再游离。我们又想到杜鹃和林大兵婚礼上，林小兵抱着哥哥遗像的样子，此时的林小兵虽然长得不如他哥高大，他们的神态却越来越像了。那天林小兵坐在我和李大卫的宿舍里，听完我们祝福的话之后，他的目光依次在我们脸上掠过，又飘向窗外，悠远地说：人不长大该多好哇。其实林小兵说这话时还不满二十一岁，不知为什么他却心生老态，开始留恋过去了。林小兵在我们那儿说了一些告别的话就走了，我和李大卫去送他，走到连队门口时，李大卫突然问了一句：小兵，那次在树林里，你为什么要喊地震？林小兵停下脚，又用目光依次在我们脸上扫过，想说什么，又没说。转过头去时，我发现他涨红了脸，然后就快步走去，再也没有回头。

林小兵走了，年底，李大卫也复员了。我却被连队留了下来，李大卫复员后一个多月，我被宣布提干了。我们排长在林小兵走后，就调到林小兵那个连队，接替林小兵的位置了，我们排长的位子一直空着，没想到却落在了我的头上。

林小兵调回到军区没再来过信，倒是复员回去的李大卫很快来了信，他在信中告诉我，他在大院里见到林小兵了，林小兵现在是军区警通连的一名排长。他还说，回到大院后在礼堂看了一次文工团的演出，觉得杜鹃和以前不一样了，漂亮还是那么漂亮，但总觉得多了点什么……李大卫费了半天笔墨仍没说清杜鹃多了什么，看着他的信让人费解，之前朱革子来信说杜鹃贫血病很严重，都住院了，也不知杜鹃的病彻底好了没有。

作为同年兵，林小兵调走了，李大卫也复员了，从精神上我一下子形单影只起来，有时晚上睡不着，他们的样貌和说过的话，依次在脑子里闪过，待静下来一些，我突然发现一个问题，我们这些人的话题只要一说到大院为什么总是离不开杜鹃呢？是因为她漂亮，冷漠高傲的形象留给我们的印象太深，还是她一反常态坚持和牺牲的林大兵结婚，完成自己的婚约？这时我的脑子里又出现林小兵的样子，我们在树林里偷偷看着林大兵和杜鹃拥抱在一起时，林小兵胸膛里发出急迫的喘息声，还有那声无厘头的“地震了”的叫喊，还有去年五一杜鹃婚礼上，林小兵怀抱哥哥遗像参加婚礼时的样子，是幸福还是忧伤，也许只有林小兵自己才知道。这么想着林小兵，一下子觉得他难以捉摸和费解起来。

春节之后，天气一天比一天暖和了，在营院地面的砖缝里都能看到探头探脑的草芽了。我休假了，这是我第二次在参军后回家探亲，这次我是以干部身份休假，也学着别人的样子，找出自己最新的军装，皮鞋一定要穿的，不仅穿上皮鞋，还在皮鞋的后跟上钉上了铁掌，再次走在路上时，不仅觉得比以前高了，听着铁掌敲击在路面上的声音，觉得自己就像走在一场音乐会的现场。所不同的是，这动听的音乐是自己奏响的。

从火车站下车，我是自己坐公交车回到军区大院的，哥哥姐姐们早几年就参军了，没人稀奇我回不回来，自然也不会有人到车站接我。李大卫来信告诉我，他已经到纺织厂保卫科上班了，还描述过纺织女工，说纺织厂百分之九十都是女人，乌泱泱一片一片的，还调侃地道，长得都不咋地，就是他们厂的厂花和杜鹃比起来也相差十万八千里。他又一次提到了杜鹃。

我走到军区门岗时，意外地看见了林小兵，他正在朝门岗上的哨兵交代什么，我这才想起，他是警通连的排长，哨兵是归他管的。他也看见了我，吃惊地睁大眼睛，叫了一声：兄弟，你回来了。兄弟这个称谓让我觉得有些陌生，他之前从来没有这么称呼过我。他又跑上来，接过我手里提着的东西，一直把我送到家里的楼门下。我向他告别，他转过身笑了笑，又招下手说：改天，约上战友好好聚聚。他走了，我这才发现，林小兵又变了，他变得比以前开朗了许多，还有他似乎比以前瘦了一些，也白净了。

晚上吃饭时，父亲三下五除二地把自己碗里的饭吃完了，离开桌子到沙发上去看报纸了。母亲这才从碗上抬起目光问：你听说林小兵的事了吗?

我忙问：我回来见到他了，他怎么了?

母亲犹豫一下，吁了一口气才说：这个林小兵真不容易。

母亲先是感叹一句之后，才告诉我，林小兵现在每个月都要为杜鹃献一次血。杜鹃得的不是一般的贫血，而是白血病。没有更好的医治办法，只能每个月输次血，用这个方法维系着她的健康。母亲还说，林小兵是O型血。

我瞪大眼睛问母亲：医院不是有血站吗，干吗让林小兵一个人献血？

母亲就无限感慨地说：林小兵不让，说那些血浆不安全，坚持自己一个人去献血。

父亲似乎想阻止母亲的絮叨，故意把报纸抖得哗哗响，母亲瞄眼父亲又看我一眼，总结似的道：小兵这孩子重情重义。

我琢磨着母亲的话，林小兵重的什么情，又重的什么义，按理说，杜鹃充其量是他没过门的嫂子，举行了婚礼仪式，可她在法律上并不是他的嫂子，仅仅因为杜鹃和林大兵谈过恋爱，他就如此地对待杜鹃？

我休假第三天晚上，果然接到了林小兵的电话，通知我聚一聚，那天晚上，不仅来了我们一起参军的战友，朱革子等人也来了，热热闹闹地围了一大桌子。林小兵还从家里带来了两瓶酒，他热情地把酒倒在我们每个人的杯子里，喝酒时，我们才发现他自己的杯子却是空的，我们纷纷放下酒杯，不解地看着他。他又站起来，解释道：明天我去医院献血，今天不能喝酒。他叫来服务员，让服务员把自己杯里加上白糖水，这才歉意地说：我用水陪大家。我还想说什么，李大卫在桌子下用脚踢了我一下，我把话就收了回去。那天晚上除了林小兵没有喝酒有些遗憾外，其他人都很尽兴，朱革子喝多了，结结巴巴地冲林小兵说：小，小兵，你，你结结婚时，可可别忘了通知大家伙儿。

林小兵就一脸幸福的样子，不说是也不说不是，就那么笑眯眯地看着大伙。我不明白朱革子的话是何用意。

聚会散了以后，林小兵以还要查岗为由提前走了，我和李大卫勾肩搭背地坐在马路牙子上，望着眼前马路上的车流人流，觉得有许多话要说，又似乎不知从何说起的样子，我突然想起林小兵不喝酒的事，便冲李大卫说：小兵每月献次血也挺不容易的。李大卫掏出烟来，我们点上，他才道：你不知道？我说：什么？他说：林小兵在追求杜鹃。我吃惊地望着李大卫，半天没有说出话来。李大卫才说：这事大院的人都知道。停了下又说：杜鹃这命也不好，林大兵牺牲了，自己又得了这个病。李大卫说起这些，我默然了。杜鹃冷漠高傲的样子又在我眼前闪过，同时又想起林小兵为了明天给杜鹃献血，为了让血液纯净坚持自己不喝酒，便道：小兵和以前不一样了。李大卫也说：我们聚会他从来不喝酒，还把烟戒了。我们学会吸烟是在参军以后，老兵们大都吸烟，同住一个宿舍，起初是老兵吸烟时不时甩给我们一支，渐渐地，我们对烟就上了瘾。听了李大卫的话，我才问：小兵追求杜鹃，那杜鹃是啥意思？李大卫摇摇头，轻叹口气道：不知道。

那天晚上知道林小兵在追求杜鹃，我突然涌出迫切地想见到杜鹃的想法。见到杜鹃是隔了一天以后，傍晚时分，我去菜市场帮母亲买菜回来，刚走进家属院就看见了杜鹃，她穿着军装，半高跟皮鞋，样子依旧窈窕，披肩长发依然迷人地从头上流泻下来，她似乎也发现了我，看到我那一刻，她犹豫了一下，似乎想打个招呼，后来她只冲我点点头，嘴角掠过一丝不易察觉的笑意。在我的记忆里，杜鹃这是第一次对我这样。上学时，她总是挺胸抬头，从来不把我们这些小屁孩放在眼里，就连我们用弹弓射她时，似乎她也没正眼看过我们。我和杜鹃擦肩而过，又回头看她一眼，她的身影就窈窕着从我眼前消失了。

母亲做饭时，我把听来的林小兵追求杜鹃的事冲母亲说了，母亲似乎一点也不意外，她关上洗菜的水龙头，甩了下手说：他家不同意。我忙问：为什么？母亲白我一眼：林大兵牺牲了，家里就一个小兵了。杜鹃要是没病还好说，医生都说了，她这病一时半会治不好。听了母亲的话，我心里多了层阴影，为林小兵也为杜鹃。

我休假要走的前一天，林小兵突然找到我，给我送来一张礼堂演出的票，他笑着冲我说：今晚有杜鹃小提琴独奏演出。林小兵说话的样子幸福又腼腆。

晚上，我还是如期而至，自从杜鹃去了文工团，我还没看过她的演出，只在她家阳台上看过她练琴时的样子。那天晚上，杜鹃是在演出中间出场的，她演出了两个小提琴独奏节目，拉的什么内容我忘了，我只记得林小兵坐在座位上，拼命地鼓掌，他的目光是亮的，脸上洋溢着无法言说的笑容。

杜鹃演奏的样子的确迷人，灯光下，她每根头发都是亮的，她忘我地投入到音乐之中，她站在台上，自己似乎都变成了一个跳动的音符。不了解她的人都不会相信她是个病人，我又想到了她身体里流动着小兵的血液，我再看林小兵时，眼睛突然有些潮湿。

五

我归队以后，不知为什么，杜鹃的样貌总是在我眼前挥之不去，我们上学时，她高傲冷漠的样子，还有她生病后面色苍白如病西施的艳美。从杜鹃我又联想到了大兵和小兵，大哥轰轰烈烈地爱着杜鹃，随着大兵的牺牲，他们的爱情夭折了。现在小兵又接过大兵传递给他的接力棒，奋不顾身地向前跑去。如果说，在我们上学时，第二次青春发育期间，我们都暗恋过杜鹃，这一切都正常，谁让杜鹃那么漂亮又与众不同呢，现在我们是成年人了，再看杜鹃时，对于她的美我们变成了欣赏，就像听她拉小提琴，不论在什么角度，都能欣赏到那动听的旋律。可小兵却不一样，他成了哥哥的继任者，执着顽强地向他的爱情圣地奔去。我预感到林小兵的爱情不会一帆风顺。

果然，没多久，我就收到了李大卫的来信，大卫在信中告诉我，他现在已经谈恋爱了，恋爱对象就是他们纺织厂的厂花。我想象着厂花的样子，脑子里又蹦出杜鹃的样子。接着大卫果然又说到了杜鹃，他告诉我，杜鹃的病情已经稳定了，不用每月输血了，只是定期到医院去复查。还说林小兵向杜鹃求爱了，但没有成功，遭到了自己父母还有杜鹃等人共同的反对。大卫在信的结尾处说，小兵和以前不一样了，不爱说话，就像要疯了一样。大卫希望我写信劝劝小兵，别想不开，如果小兵同意，大卫愿意在纺织厂为小兵介绍一个女朋友……

当我提起笔准备给小兵写信时，却不知写什么，劝他离开杜鹃？我又想到那次的露天电影的小树林里，在光影里我们看到林大兵和杜鹃相拥的剪影，直到这时，我才意识到，当时我们的呼吸都急促起来，但唯有小兵呼吸的声音盖过了我们所有人，现在回想起来，他当时就像得了肺病之人，呼吸不能，还有他那一声抖颤的喊声：地震了。我相信，在这之前，林小兵就已经爱上了杜鹃，暗恋的程度远超我们任何人。当他得知杜鹃和自己的哥哥恋爱后，他又作何心情呢？我又回想起年少时的林小兵，那阵子他总是目光迷离，脸莫名其妙地会涨红，还经常无缘无故地发火，以前的林小兵在我们印象里可不是这个样子，他生性胆小，一副姥姥不疼舅舅不爱的样子，没法混迹于大孩子的游戏中，只能和比他低一年级的我们混在一处，还经常不受我们待见。自从得知哥哥大兵和杜鹃恋爱后，林小兵变得形单影只起来，他经常盯着某一处发呆，没人知道他想的是什么。此时，我才明白了小兵内心的煎熬，虽然杜鹃的恋爱对象是自己的哥哥，他一时也跨不过那道坎。想到这些，给林小兵劝慰的信无论如何不知从何处下手了。

一直拖了许久，给小兵这封信还是没有写下去。但却不时地关注着林小兵和杜鹃的近况，也许是李大卫刚恋爱，分不出神，给我来信的次数明显少了起来，有一段时间甚至一封信也没有了。我倒是给大卫写过两封信，他也一直没回。

当又一年春节即将来临时，突然接到了李大卫的信，他在信中告诉了我一条惊人的消息，林小兵和杜鹃就要结婚了，时间就定在今年的大年初一……大卫的信犹如一颗炸弹，在我心里轰然炸响，这是封没有过程只有结果的信，之前大卫还说，林小兵的爱情遭到了四面八方的反对，怎么突然就有了结果？

大年三十那天，我回到了家里，一进家属院，就看到从月亮门开始就张贴上了大红喜字，这些喜字从树上又到墙上，一直引领我到了一个单元门口，猛然想起，这个单元楼上住着林小兵一家。想必，这些大红喜字就是林小兵的杰作了。

回到家里，父母的样子一如既往，他们正在厨房里忙着包饺子，二哥二姐都在部队上，他们春节要值班，自然没法回来过年，大哥已结婚另过日子，估计不到初二回不到家里。家里只有父母，场面有些冷清。我洗了手，加入父母包饺子的阵营中，心里却合计着明天林小兵的婚礼，便假装若无其事地问：妈，听说明天小兵要结婚了？父亲听了我的话，拍一拍手上的面粉，丢下一句：你和你妈包吧。父亲走出厨房。

母亲抬起目光看了我一眼，目光有些复杂，然后叹口气道：小兵的事让你林叔一家操碎了心。听了母亲的话，我心里咯噔一下，吃惊地：妈，小兵咋了？母亲不再抬头，专心致志地开始包饺子，只丢下一句：小兵和杜鹃的事都能写一本书了。

事后我才知道，林小兵为了和杜鹃结合，的确闹出了许多幺蛾子。他先是要做通杜鹃的工作，几乎每天都要送杜鹃去文工团上班，文工团离军区大院还有两站地，在另外一个小院里，然后每天又去接杜鹃下班。文工团的工作并不规律，有时为了一场演出，加班加点地排练，林小兵就和警通连请好假，守在文工团里，杜鹃似乎对他的关心并不领情，找自己的团长谈了一次，希望文工团长出面阻止林小兵这种行为。文工团长出面了，讲了一大堆关于恋爱自由又两相情愿的道理，林小兵在这期间，一句话也不说，待团长口干舌燥地讲完，他抬起一双迷离的目光瞅着团长说：我到你们文工团影响你们和杜鹃工作了吗？团长摇头，林小兵又说：我爱杜鹃，这是我的事，她可以不爱我，只要她没结婚，我就有权利追求她。这回轮到文工团长哑口无言了。

杜鹃也不想理小兵，每次从家门出来上班都要路过大院门岗，这是逃不过小兵的眼睛的，他立马跟上，不论杜鹃走得快与慢，他都不离左右。我想象着杜鹃高傲又冷漠的样子，而林小兵呢，不尴不尬地紧随在杜鹃左右时的样子。杜鹃下班也是如此。

后来杜鹃为了摆脱林小兵，干脆搬到文工团宿舍去住了，离开了小兵的视线和纠缠，但这也并没有影响林小兵的热情。他仍然每天去看望杜鹃，杜鹃在舞台上排练，他就坐在台下，杜鹃回到宿舍时，发现自己的床头柜上已经摆上了小兵送来的水果。还有几次，林小兵用饭盒给杜鹃送去了热腾腾的饺子，把饭盒和饺子放到杜鹃面前说：这是你最爱吃的茴香馅饺子。

这之后，杜鹃还找过林小兵父亲谈过一次话，让林小兵的父亲劝劝林小兵。在林大兵牺牲后，林副部长苍老了许多，鬓边的白发明显增多了，他在这之前就劝过林小兵，小兵不说话，父母原本以为儿子听进了他们的话。林副部长夫妇是明事理之人，杜鹃找上门来，他们才知道林小兵不仅没放弃对杜鹃的追求，还变本加厉了。他们正式地找林小兵又谈了一次，主谈的是林小兵的母亲，林小兵的母亲在街道上班，经常和基层群众打交道，练就了一副能说会道的口才，母亲便说：小兵，你哥牺牲了，咱们家就剩你一个孩子了。杜鹃是个好姑娘，可她现在的病还没好利索，都在传杜鹃以后不能生孩子了，咱林家就你一个孩子，林家还得有后哇……母亲说到这，又把目光定在林大兵的遗像上。母亲就说不下去了，悲伤哽在胸口让母亲上气不接下气的。

林副部长停止踱步，清清嗓子说：况且，人家杜鹃并不同意，咱们不能上赶子，好姑娘多的是。李大卫是你的战友吧，人家找了一位纺织厂的厂花，前几天我看到了，那姑娘就不错嘛。

父母正式又委婉地和林小兵谈了，不知他是咋想的，一句话不说，把脖子梗了，依旧我行我素。那一阵子，林小兵的母亲四处托人为林小兵介绍女朋友，李大卫还为林小兵隔三岔五地带回来几位纺织厂的女工，林小兵一个也不见，阴着脸挥着手把人打发走了。

在这期间，杜鹃又一次昏倒在了排练的舞台上，还是林小兵把杜鹃背到了医院，又一次为杜鹃献血，杜鹃又一次苏醒。苏醒后的杜鹃一句话不说，只是望着林小兵一张发白的脸在默默流泪。

林小兵一次又一次为杜鹃献血。母亲先是受不了了，但母亲知道，劝是劝不住了，然后就和林副部长商量，要拆散小兵和杜鹃的爱情，只有把林小兵调走了。林副部长也很重视儿子的前途和命运，在北京托总参的一个战友，要把儿子调到北京去，他们以为把小兵调走，他对杜鹃的爱情自然就淡了下来。果然，不久，一纸调令就落到了林小兵的手里，林小兵却做了一件出人意料的事，他不仅不服从调令，还打了一份转业报告。林小兵的做法就是铁了心要守护自己的爱情了。一份调令，一份转业报告就那么僵持着，一时没有定论，那些日子，林小兵瘦了，人也变得更加迷离。似乎一股风就能把林小兵给吹跑了。母亲先是发现了儿子的异样，又找到林副部长商量，母亲含着泪冲林副部长说：他爸，这样下去咱们小兵就毁了，大兵不在了，咱不能再失去小兵了。然后悲伤地哀哀哭了起来。林父长叹一声，又长叹一声，总结似的说：小兵爱娶谁就娶谁吧。林父这么说了，算是表了态。他们把这一结果告诉了林小兵，林小兵就说：总参我不去，我还在军区。父亲也点了头。

林小兵一下子就活了过来，这一天他把新军装找出来，把三节头皮鞋也擦了，皮鞋是钉了掌的，他咔咔有声地在一天下班后敲响了杜鹃的家门。先是给杜鹃父母敬了个礼，然后铿锵地说：叔叔，阿姨，我要和杜鹃好，谁说也没用。他似在求婚，也似在宣誓。

两位军代表都是知识分子，他们扶了眼镜，把林小兵看了又看，相互确认了眼神，都不知如何回答林小兵的请求。女儿的第一次爱情夭折了，林大兵的牺牲，对女儿的打击可想而知，紧接着女儿又生病了，这双重打击一点也不亚于林家。有时杜军代表在院里看到林副部长，两个没有做成亲家的男人，惺惺相惜地会说上一阵子话，两人各自站在不同立场上，都为自己的儿女叹息了。林小兵在追求杜鹃的事他们早就知道，但觉得这一切并不现实，原因是女儿杜鹃这个病。医生说了，目前这个病并没有治愈的可能，还会影响以后的生育，女儿有病又不能生育，谁肯娶女儿呢。林小兵一次又一次为女儿献血，他们已经感激不尽了，曾经商量着要给小兵做个补偿，他们买了鸡蛋和红糖，还有一些营养品去林家感谢过，被林副部长挡在了门外，林副部长就客气地说：就当小兵为他哥哥做点事吧。当时两家人都没想到，事态会发展得如此不可逆转。

那次林小兵说完就走了，丢下两个军代表在发呆，在他们心里，林家的两个孩子他们是看着长大的。两个孩子都很优秀，大兵高大野性十足，小兵内秀少言。不论谁娶了他们的女儿，他们都会高兴。可现在情况不一样了，女儿患了白血病，为此，他们不知暗地里掉过多少次眼泪。两位军代表毕竟是知识分子，思前想后得出一个结论，把这个做决定的权利交给杜鹃吧。那天，他们把杜鹃叫到家里，语重心长，又充满忧患地和杜鹃谈了一次，最后母亲总结似的说：小兵对你是真心的，他为你做了这么多，大兵不在了，你的生活还得继续，我们不替你做主，主意你自己拿吧……

杜鹃那天把自己关在屋里哭了一夜，也想了一夜。她是爱大兵的，大兵是她的初恋，这种爱让她刻骨铭心，大兵不在了，她坚持着完成了大兵生前的约定，举行了婚礼仪式。她以为和大兵的爱情画上一个句号就能从这种阴影中走出来，没想到睁眼闭眼的都是林大兵挥之不去的影子，在这期间，她又发现自己得了不治之症，正当她无望时，林小兵又走进了她的生活，她的心乱了。她拒绝林小兵，不是因为林大兵在心里的存在，而是因为她的病。如果没有病，在失去林大兵之后，也许林小兵是她爱情最好的慰藉，因为小兵是大兵的兄弟，他们的身体里流着相同的血液……

林小兵得到了父母的默许，又向杜鹃父母宣誓表达之后，他便开始正大光明地追求起杜鹃了，俨然把自己当成了杜鹃的男朋友。我听李大卫说，林小兵声泪俱下地在营院门口向杜鹃表白过一次，才彻底让杜鹃的态度改变了。那是今年的第一场雪飘落的一天，小兵尾随杜鹃来到了军区大院门口，杜鹃突然停在门口大声地冲小兵说：林小兵不要白费力气了，咱们之间不可能。林小兵怔住了，立在雪中，半晌才说：杜鹃你听好了，要是你不同意，我这辈子就谁也不娶了，我冲我哥发过誓，我要照顾你一辈子，我哥不在了，可我林小兵还在。林小兵说到这就哭了，杜鹃也哭了，两人就站在今年第一场纷纷而下的初雪中相互凝视着。

李大卫刚送完女友回家，走到大院门岗前看到了这一幕，李大卫说，当时自己都感动得想哭一场。

就这样，杜鹃和林小兵的婚礼定在了新年的初一。

一大早，我们都出门去参加林小兵和杜鹃的婚礼。他们的婚礼很简单，简单得有些让我们失望。林小兵身穿簇新的军装，胸前别了一朵大红的纸花，他先是来到杜鹃家，把杜鹃接出单元门口，杜鹃也身穿军装，胸前也别着一朵相同的红花，他们手拉手地向林小兵家门前走去。林小兵的父亲在自家单元门口挂了两挂鞭炮，看到一对新人，用烟头把鞭炮点燃，鞭炮炸响，一对新人走来，鞭炮的纸屑像雪花似的落在两人身上，我们所有人目送着这对新人走进自家的单元门口。婚礼便宣告结束了。

我隐隐地觉得他们的婚礼缺少了点什么，又想起杜鹃和林大兵举行的那场婚礼，身穿婚纱的杜鹃，在《婚礼进行曲》中缓步走上台来，她的身边是手捧哥哥遗像的小兵，想到此，我突然明白，早在一年多前，他们的婚礼已经举行过了。这么想了，我心就释然了。

那个冷漠高傲的杜鹃未婚时代结束了，显然，林小兵是幸福的。我在心里祝福着他们。

六

林小兵和杜鹃在大年初一这一天，低调着结婚了，她被林小兵牵着手来到了林家。这是迟来的入门仪式，一年前的五一节，本应该林大兵牵着她的手入门，此时，这个飘着雪花的大年初一，牵她手的人就换成了林小兵。

初五那天，林小兵和杜鹃还是摆了几桌酒席，参加酒席的有杜鹃的同学和文工团战友，也有林小兵的同学和战友，我和李大卫、朱革子等人也参加了，二哥为了参加婚礼，特意从部队请假回来。林小兵和杜鹃两人的脸上都洋溢着幸福，他们挨桌敬酒，来到杜鹃同学战友这桌时，二哥等人都站了起来，他们也是林大兵的同学。我看见二哥把手拍在小兵的肩上，不知说了句什么，林小兵点点头笑了笑，杜鹃的目光却迟滞了一下，接着脸色又变得发白。不知为什么，从那以后，杜鹃的情绪一直不高，强作笑颜的样子，林小兵似乎也发现了这一点，他掩饰地张罗着。

从酒席回来的路上，我问二哥和林小兵说了什么，二哥沉吟一下说：我让小兵抽空去看看他哥。林大兵的追悼会是在军区礼堂召开的，可他的墓地却选在了云南有个叫麻栗坡的地方，连同他的战友一起。我又想到杜鹃发白的脸，二哥这句无意的话显然是刺激到了杜鹃，看来，她虽然和小兵结婚，其实内心并没有跨过林大兵这道坎。

春节一过我就归队了，大概是三月份吧，我又接到了李大卫的来信，他在信中提了一笔，告诉我林小兵和杜鹃去了趟云南。我想，他们一定是去看林大兵了。他们双双站在林大兵的墓前，和林大兵说了什么，又是什么状态已经无从考究了。

我调到师机关当干事那一年，听说林小兵已经是军区警通连的连长了。我和林小兵是同年兵，进步却比一般人都要快。我又想起小兵每个月都要为杜鹃献次血，其间我回家休假又见过几次小兵，他似乎比以前更瘦了。不知是不是每个月都要为杜鹃献血的缘故，在这之前，有无数人劝过他，希望杜鹃用医院的血浆，可小兵就是不听，这样算下来，小兵已经为杜鹃献了无数次血了，杜鹃的身体里早就流满了小兵的血。

每次回家休假，我都能看到小兵和杜鹃恩爱如初的样子。每天早晨小兵送杜鹃去文工团上班，两人手牵手出去，晚上下班后两人又手牵着手回来，他们走在一起的样子，一如两位初恋的年轻人。和他们同时结婚的人，大部分都有了孩子。

有时我和母亲会聊起林小兵，母亲就轻叹一声说：小兵真不容易，杜鹃这病一天治不好，医生说就不能生孩子。母亲这么说，我便想起杜鹃那张苍白的脸。母亲沉默片刻又说：可怜你林叔叔了。林小兵的父亲后来做了保卫处长，人还是原来那个人，可我发现自从林大兵牺牲后，他整个人似乎泄了气，再也见不到林叔叔风风火火撩开大步在操场跑步的身影了。有几次在院里迎面碰上小兵的父亲，他似乎比以前胖了一些，把手背在身后，就像刚下班的一名老工人，我和他打招呼，他总会怔一下，瞧了我几秒才会反应过来，聊几句天高云淡的话，下次遇见他还是这几句话，人就显得心不在焉。我能够理解他，大兵不在了，小兵虽然结了婚，杜鹃身体又是这个样子，任何一个老人都会操心，心操多了人就老得快。

如果不发生那次意外，林小兵和杜鹃的爱情将会水波不兴，人们议论一段时间，久了就会变成日常。就在这时，发生了一次油罐卡车爆炸事故，油罐车不偏不倚地在一个山洞里爆炸了，这个山洞以前是为战备才挖的，后来进入改革开放后，这个山洞群一半留作了军用，另一半和外面的路打通，变成了民用，是这座城市很重要的一条通往外部的公路。油罐车在山洞爆炸，军区军需部接到了警戒的士兵的电话，军区派出了以警通连为首的士兵前去救援。带队的自然是林小兵，他身为连长，一定身先士卒冲在了最前面。部队赶到时，地方的 119 和 120 救护人员还没到现场。林小兵带着士兵已冲进了山洞中的火海，正在这时，油罐车又发生了第二次爆炸，山洞塌方了，林小兵和几名没来得及撤出的战士被埋在了山洞里。更多的救援队伍赶到时，他们扒开废墟，救出了几名战士，他们向救援队伍报告了林小兵被埋的位置，是在山洞更深的地方。油罐车爆炸几乎把整个山洞炸塌了，几个人被埋在里面，抢救起来比登天还难，那么多土石方要运走，不是件轻而易举的事。救援队伍一面向林小兵被掩埋的地方钻孔洞，一面调来施工的推土机运送洞口的石方。

杜鹃赶到现场时，事故现场早已是一派紧张忙碌的样子了，她在机器轰鸣的抢救现场一声声呼喊着林小兵的名字。后来听在现场的人说，杜鹃的呼喊就像身体在流血。第二天中午，通向山洞中的孔洞打出来了，万幸的是，通过这个孔洞和被埋在里面的林小兵联系上了，他还活着，被一块巨石压住了腿。孔洞打开了，却救不出林小兵，只能通过孔洞给小兵送些吃食。杜鹃也来到洞口旁，她扒着洞口一声声呼喊着林小兵的名字，那一声声呼喊也一定是滴着血的。

她终于听到洞中的小兵断断续续的声音：杜鹃，我还在，你不要哭……杜鹃又如何不哭呢，她几乎哭得晕死在洞口了。她一边哭泣一边向洞里的小兵喊着：小兵，你要坚持住，所有人都在救你。在山洞的废墟处一排施工车开足马力正在向前挖掘着，可这些工具车和人在倒塌的废墟前又显得那么渺小和无力，一连两天，抢救的速度并不理想，远处的公路上停着救护车，军区总院的医生正在待命，军区首长也来了，他们扒在打通的洞口轮流着向林小兵喊话，一边慰问一边说些鼓励的话。同时也劝慰杜鹃回去休息，可杜鹃不依，不离开洞口半步，似乎只要她一离开，小兵便再也不见了。太阳出来，又落下，星星出来，月亮出来，抢救现场亮如白昼，机声轰鸣。

杜鹃扒在洞口处，把嘴对着里面一遍遍说：小兵，听到了么，这么多人在救你。你一定会出来的。说完把耳朵侧在洞口，她听到小兵的声音：杜鹃，你身体不好，该回家休息，我能坚持住。杜鹃拼命摇着头，仿佛林小兵能看到她的样子，泪水一滴又一滴地落在身边的沙石上。

第三天时，林小兵似乎不再进食了，通过管道运送到洞中的牛奶、香蕉又原封不动地被退了回来，小兵压根没有动。人们开始惊慌起来，一群医生护士拥过来，远水解不了近渴，他们也一副爱莫能助的样子。杜鹃早已哭哑了嗓子，又一天夜晚降临时，她听到了小兵微弱的声音：杜鹃，为我拉首曲子吧。

当下，有人火速回到文工团取来了杜鹃的小提琴，在那个星星布满天际的晚上，人们看见杜鹃站在废墟的洞口上，开始拉琴。她拉的是那首著名的曲子《梁祝》，她一遍遍地拉着，没有了泪水，只有全身心地演奏着，她在为自己的爱人演奏。机器停工了，人们站立在各自的角落里，都被眼前的一幕惊呆了。

事后许多年过去了，我仍能想起人们描绘出的场景，我的思绪便一次又一次地穿越到了我的学生时代：我们站在楼下，望着站在自家阳台上练琴的杜鹃，她长发披肩，身材窈窕，她那么美丽又是那么高傲……每每想到这，我的心里都会潮湿一片。

一个星期后，施工抢救人员终于在一块足有几吨重的石头下把林小兵的尸体挖了出来，他的样子很安详，仰着脸，呈微笑幸福状，他似乎是闭上眼睛在欣赏一场精彩的音乐会。

杜鹃像一张纸片似的扑过去，人就昏死过去。救护车拉着杜鹃一路鸣叫着向医院方向驶进……

七

对林家来说，相继着两个儿子都牺牲了，林处长在林大兵牺牲后，把自己的牙都咬碎了两颗，大兵的母亲为此还被送到医院去抢救。小兵又牺牲了，这种打击对两位老人来说便可想而知了。

军区早就料到了这种后果，从开始就没敢让林父和林母去事故现场，而是把他们送到了医院。从事故现场，拉着林小兵和杜鹃的救护车飞快地驶向了军区总医院，林小兵早就没了生命迹象，在救护车上，杜鹃一直抱着林小兵的尸体，小兵似乎感受到了杜鹃的温暖，一脸的幸福和向往一如既往地挂在脸上。

林父和林母被彻底击倒了，他们在太平间里只看了一眼小兵，便双双地晕倒了。听说杜鹃在这个过程中表现得极其坚强，她甚至没有当着林父林母的面掉一滴眼泪，头脑清醒地一边料理小兵的后事，一边照料着林父林母。

小兵的追悼会，我代表他生前老部队的战友参加了。还是在军区礼堂，哀乐从四面八方响起时，杜鹃手捧小兵的遗像从礼堂舞台的侧幕走出来。她面色苍白，样子似乎还算平静，当部队领导开始致悼词时，我看见她的身体在发抖，随时有昏倒的可能。但从始至终她仍然坚持着立在舞台中央，目光深沉又刚强地望着远处的某一点。我的眼前又幻化出当年林大兵追悼会的场面，大兵的追悼会我没有参加，是别人一遍遍描述给我的。两场追悼会重合在一起，作为杜鹃，自己两个心爱的男人都离她而去，此时她又是何种心境呢。此时，我望着台上的杜鹃，突然发现她的坚强超乎人们的想象。那个杜鹃平时的美丽、高傲和冷漠，此时被刚强冷峻所代替了。我们所有的人在那一瞬间都对杜鹃产生了敬意。

小兵的父亲林处长被人搀上台，这是追悼会最后一项内容，他要作为烈士的父亲讲话。他立在杜鹃身旁，先是看了眼小兵的遗像，转过身子又给所有到场的人敬了个礼，我们看见，他拿话筒的手在颤抖，眼泪在眼圈里打转，半晌，又是半晌，他终于说：小兵和他哥一样，成了烈士……林父只说了一句开场白，便再也说不下去了。他蹲下身子，哀哀地哭了起来。

杜鹃望了眼林父，身子动了一下，她捧着小兵的遗像突然跪在了林父面前，俯下身子冲林父磕了一个头，又转过身子冲坐在台下的林母磕了一个头，然后大声地说：爸，妈，大兵和小兵都不在了，以后我就是你们的女儿……

她说这话时，场内所有人先是怔了一下，然后就静得可怕，转瞬，不知谁带头鼓掌，接着全场就爆发出雷鸣般的掌声，所有参加追悼会的人都被杜鹃感动了。

又是一年以后，我从边防团调回到军区。几乎每天离开家门去军区上班时，都能看见杜鹃从对面楼的楼门洞里出来，她骑上自行车去文工团上班，她的样子一如当年，高傲中透着冷漠，所不同的是，她的眼角和眉梢透着某种不可言说的刚强。

后来，我听母亲说，林小兵牺牲后，林父林母试图劝杜鹃回到自己家里去，她还年轻，完全有机会追求自己的幸福。可杜鹃就是不同意，说急了就跪在二位老人面前，声泪俱下地说：这里就是我的家，你们就是我的父母，我还能去哪。后来，杜鹃的父母，那两个文质彬彬的军代表，亲自又拜会了一次林父林母，言之凿凿地告诉林父林母：以后就把杜鹃当成自己的亲闺女，为二位老人养老送终。四个老人已哭成了一团，他们流下的一定是幸福的泪水。我这么想。

果然，杜鹃就像女儿一样和林父林母生活在一起，此时，林父林母已经退休了。杜鹃每月还要去医院输次血，她的病仍然在持续着，以前每个月输血，都是小兵陪护，不仅陪护，还把自己的血输给她，两人早已血水交融在一起了。现在她的身边多了林父林母，每月的某一天，我们都能看到林父林母走在杜鹃的身旁，三个人如同一家人似的去医院。更多的时候，在傍晚时分，左邻右舍的人都会看见杜鹃站在阳台上拉小提琴的身影，久了，我们听出来，她拉得最多的曲子还是那首《梁祝》，琴声凄美，她的样子也是全神贯注，似乎自己也变成了一个音符，在乐曲里飘荡。她依旧那么美丽，拉琴时，有时穿军装，有时会换成便装，长长的头发披散下来，我们走在楼下时，只要一抬头，就能看见她拉琴的身影。有许多次，我似乎又回到了学生时代，站在杜鹃家楼下，望着少女时代的杜鹃在拉琴，待我缓过神来，心里就多了一种不可言说的情绪在傍晚时分的家属院里弥漫。

母亲又说，林母在为杜鹃张罗男朋友，林母动员了许多同样退休的阿姨，为杜鹃物色男朋友，当然母亲也是其中一位热心的媒人。很快就有不少合适的人选浮出水面，有公务员，也有经商的老板，她们把这些候选人的照片，连同电话都送给了林母，林母又把这些形形色色的照片摆到杜鹃面前。杜鹃不仅没有看，还冲林母说：妈，你这是干什么，嫌我在家碍事了吗？据说，从那天开始，林母还听见了杜鹃房间里传来的哭声，从那以后，林母就不敢再提这话茬了。

大约又过了一年，李大卫和朱革子突然找到我，告诉我一个消息，杜鹃正在寻找骨髓配型，这是一个医治白血病最先进的方法，据说，只要有骨髓配型成功，就能彻底医治好杜鹃的病。那些日子，不仅我们这拨同学行动起来，还有二哥那拨同学，我们都暗地里来到医院，背着杜鹃为她配型，弄得科主任，那位鬓发斑白的老专家，也一迭声地说：谢谢你们了。

不久，我们听到了一条惊人的消息，我们的同学翟天亮配型成功了。翟天亮还有一个哥哥叫翟天虎，和二哥、林大兵是同学，翟天虎也参加了配型，没料到只有翟天亮一个人成功了。

杜鹃和翟天亮手术那一天，我们都去了，刚开始都拥到了手术室门前，黑压压地站了一楼道，是护士把我们驱赶了出来，我们并没有散去，都来到楼下，仰望着手术室那间窗子。我又想到了当年二哥和林大兵为我们出头的场面，我们低年级的学生经常被外校的高年级学生欺负，不是被抢军帽，就是被抢火药枪，二哥、林大兵和翟天虎这些人便纠集一批大院孩子约外校的学生打架，那种场面总会让人激动不已，也是黑压压的这么一群，他们站在一起，眼神里透着视死如归的英雄气概……此时，我望眼楼上那间手术室的窗子，又看一眼这群如今已长大成人的我们，心里早就潮湿一片了。

手术正如我们所期待的一样，很顺利就结束了。两天后，翟天亮先行出院了，医院里只留下杜鹃在观察，那天我们像迎接英雄似的把翟天亮接回了家。翟天亮走在我们的人群中，他的脸上从始至终一直洋溢着无法言说的幸福。

大约在半个月后吧，杜鹃也出院了，同时还带来了一个惊人的消息，她的手术成功了，也就是说，翟天亮的配型彻底治愈了杜鹃的病。

我们又在傍晚时分看到杜鹃在阳台上拉琴的身影了，琴声在家属院里飘荡着，只要我们驻足，顺着音乐声望去，总能看到杜鹃美丽动人的身影，我们都真心真意地为杜鹃祝福着。后来，我们在军区礼堂，看过几次军区文工团演出，在演出节目中，自然少不了杜鹃的小提琴独奏，她站在舞台中央，聚光灯打在她的身上，音乐和她人一样迷人。翟天亮在杜鹃演出后，总是把手掌拍得最响亮的那一个。他满脸通红，兴奋异常，有几次，他还专门跑到后台去为杜鹃献花。翟天亮没有参过军，高中毕业后不久，他便和哥哥翟天虎一起做起了服装生意，现在，他们的服装生意做得风生水起，在城市最大的服装批发市场，拥有全市场最大的摊位。但不知为什么，翟天亮一直没有结婚，女朋友倒是谈了不少，总是走马灯似的换来换去，一直没有找到心仪的女朋友。刚开始我们都问他这个问题，他总是笑笑说：这些女孩子总是差点什么。究竟差什么，他并不说，讳莫如深的样子，后来我们就不问了。有人说，是因为翟天亮有钱了，眼光高了。他听了，也不辩解，还是那么笑一笑。

大约又是一年后，我们突然听说，这年的国庆节，翟天亮要结婚了，他结婚的对象不是别人，正是杜鹃。我们听到这消息，有点跟不上节奏，云里雾里地就那么飘着。在这之前，我们谁也没把杜鹃和翟天亮扯到一块。当年我们用弹弓射杜鹃时，他也是积极的一个，每次袭扰完杜鹃他都显得异常兴奋，挥着手里的弹弓，不住地向杜鹃家阳台方向张望。

我又听母亲说，杜鹃答应嫁给翟天亮是有条件的，条件不多，只有一条，让翟天亮做倒插门女婿，插的自然是林家门。翟天亮没有犹豫就答应了。

那年的国庆，杜鹃和翟天亮的婚礼我们都去参加了。翟天亮在一家五星级饭店订了婚宴。让我们感动的是，他们的婚礼来了三对老人，翟家和杜鹃一家自不必说，林父林母也来了，三对老人望着眼前的一对新人，他们都登台讲了话，尤其是林父的讲话，我们印象深刻，林父说：我们失去了两个儿子，却多了一个女儿……讲到这时，林父流下了幸福的泪水，听得台下的我们也一阵唏嘘。

两位新人上场，《婚礼进行曲》响起时，台下所有人都报以热烈的掌声。我们又想到了林大兵、林小兵的音容笑貌，似乎林大兵和林小兵就坐在我们身边，也在真心实意地祝福着这对新人。

杜鹃和翟天亮婚后就和林家父母住在一起，一个屋檐下，三个姓氏，但他们却如一家人一样，幸福而又美满。后来他们的孩子出生了，是个男孩。孩子的名字叫翟兵。他们孩子的名字一定是为了纪念林大兵和林小兵。

杜鹃的琴声似乎从没间断过，他们家阳台成了军区家属院一道美丽的风景。这样一坚持就是数十年，先是杜鹃的鬓角有了白发，后来就花白了，但音乐从来没有变过，还是那么悠扬感人。

许多年后，我们有许多人都离开了军区家属院，只要我们回来，只要一走进家属院，就会听到那优美的琴声。抬起头，顺着音乐望去，就会看到杜鹃一如既往地在拉琴，我们把目光定格在她的身上，时光似乎又穿越到了过去……我们的耳畔，是那悠长的琴声在经久不散。

悦耳动听

一

我该写写朱革子了，以前朱革子在我的故事里都是跑龙套的小角色。其实在我内心深处很重要的位置装着朱革子，不仅因为我们是发小还有同学，我一直认为朱革子是个人物。

从我们高中毕业那一年说起吧，高中毕业不久之后，招兵工作就开始了。我们军区大院内张贴了许多动员参军的标语，例如：一人参军全家光荣，好儿郎扛枪卫国，等等。其实对我们那个年代的人来说，参军用不着动员。我们的出路少得可怜，高中毕业要么下乡，要么就业，就业对我们应届高中生来说比登天还难，大部分应届高中生都是下乡的命运。参军是最好的结果了，即便不入党提干，按当时复员军人的政策，怎么也会安排个工作。因此，想参军的人有很多，每年招兵的名额就那么几个，所以竞争就尤其惨烈。

那年我们报名参军的人站成了两排，足有几十人，看起来黑压压一片，有男有女，我竟然在队伍里看到了朱革子，他站在队尾，神情严肃地看着接兵的两个军官。两个军官很年轻，手里拿着一张纸，纸上写满了参军报名者的名字。每年招兵都是如此，名曰：目测。其实接兵的军官站在队前只是看看我们外表，然后让我们回答几个简单的问题，大多数人都能通过目测。在队伍里发现朱革子我还是吃惊不小，我一直认为朱革子不符合参军的条件，因为他有口吃的毛病，部队无论如何也不能招一名结结巴巴的人去参军。此时的朱革子有些心虚，所以才站到了队尾，我偷眼去瞄他，显然他经过了一番精心打扮，穿了身假军装，还戴了顶假军帽，人五人六地把自己打扮成了一名准军人。他目光正虚虚地望着队前那两个年轻军官，把自己的胸脯挺得笔直。不说话的朱革子和我们没什么两样，甚至腰板挺得比我们还直。我环顾左右，队列里大都是军区大院子女，相同之处是我们没等参军呢，却早就穿上了军装。哥哥姐姐大都在几年前参了军，我们的军帽和军装也大都是哥哥姐姐寄来的，于是，我们就人五人六地把自己打扮成了一名准军人。不了解内情的人，看到此时我们的队伍，还以为是整装待发的军人。

朱革子有个姐姐叫朱革静，三年前我们还在读初中时就参了军。在这之前，朱革子不仅没有军装穿，也没有军帽戴，他就一脸羡慕地望着我们头顶上的军帽，一边咽着口水一边说：等等我我姐参军，我我也有军帽戴了。朱革子的父亲在军区后勤部管营房，被称为朱局长。其实是营房管理局的副局长。朱局长的头很大，大得有些夸张，不仅头大，还一年四季都理着光头，戴的军帽也是最大号的。朱革子无法继承。朱革子这小子长得很怪，和他父亲一点也不一样，头是细长的那一种，还有些方，远远看去，他的肩膀上顶了一个长方形的头，随着身子在移动，但我们看久了，觉得朱革子这样也没什么不好。有一点朱革子和父亲倒是很像，就是结巴。朱局长也结巴，我们经常能看见朱局长领着一帮人，在我们军区大院里背着手仰着头瞅着一栋房子在议论，朱局长的声音很大：这这房房子，明明天派人修修……朱局长是管营房的首长，他说修，用不了两天，果然就会来人维修了。朱局长业余时间也会经常在营院里转悠，背着手，把那顶大号军帽捏在手里，顶着一颗硕大光亮的脑袋，这看看那瞅瞅，眉头一会紧锁一会舒展。营房在他眼前静默着，一排排一列列的，像一群列队整齐的士兵。的确，营房在他眼里就是士兵，他想修理谁就修理谁。营房大多是这座城市新中国成立后有了军营才建造的，二十多年过去了，有的门窗开裂了，也有的墙面斑驳了，我们就经常能看到朱局长带着一堆人，站在这些待修理的营房前，指点江山，结结巴巴地下达指示。

朱革子的父亲资格很老，听父亲说，他们在抗日时就认识，那会他还不管营房，就是名战士。有着一头乌黑浓密的头发。朱局长在抗美援朝时头受过伤，被美国鬼子飞机投下的一枚炸弹炸伤了脑袋，据说至今头里仍留着一块弹片。从那以后，朱局长就开始留光头了。有一次，朱局长被父亲叫到家里喝酒，我有幸仔细研究过朱局长的脑袋，在他右侧太阳穴向上的位置有一道疤痕，那道疤有手指头那么长，呈月牙形状。喝了酒之后，那道疤就呈深红色，比其他地方的皮肤颜色深了许多。喝多酒的朱局长就摇着一颗硕大的脑袋说：老老石，我我这脑子大大不如以前了，不好使了，老老忘忘事。说完就用手掌啪啪地拍他的脑袋。朱局长不论和谁聚会，人们议论的话题都不会离开他的脑袋，因为朱局长的脑袋的确是个问题。在我们的记忆里，经常有救护车出入营区，有时救护车停到办公楼下，有时停到朱革子家的单元门口，只要有救护车出现，不用问，十有八九是来抢救朱局长的。朱局长脑子里的弹片经常让他头疼，这种疼不是一般的疼，每次疼痛发作都会让他晕倒。每次朱局长晕倒，救护车都会风驰电掣地赶来，医生护士七手八脚地把朱局长抬上救护车，不用多时，救护车又会开回来。然后我们看见朱局长又顶着他那颗硕大的光头从救护车里跳下来，背着手，就像什么也没发生一样，向办公楼或者单元门口走去。一次次病痛发作，朱局长已经不把头痛当回事了，我们也习惯了。朱革子跟我们说过，他父亲头里的弹片已经和神经长在一起了，没法手术了。只要一犯病就拉到医院，打止痛针，然后就又和没事人一样了。

朱局长还是和别人不一样，别人都军容整齐，唯有他经常不戴帽子，军区首长似乎也了解他和别人不一样，也总是睁只眼闭只眼的。我们就经常在阳光灿烂的日子里，看到朱局长站在军区大院的操场的某一处，努力伸长脖子，让那颗光头暴露在太阳底下。表情很舒畅的样子，眯着眼睛，似睡非睡。朱革子就给我们解释道：我爸爸说，脑脑子里的弹弹片受潮了，他要晒一晒，晒干干了就就不疼了。

朱局长在阳光下晒脑袋的情景便成了我们军区大院一道风景。不知是朱局长脑袋受潮的缘故，还是别的原因，朱革子一直没有一顶真军帽。每当我们嘲笑朱革子的假军帽时，朱革子就涨红了脸，结结巴巴地说：等等我姐参参军，我就有真真军帽了。果然在朱革子的姐姐朱革静参军后，朱革子头上多了顶军帽。那天我们走在上学的路上，朱革子气喘吁吁地从后面追上来，跑到我们面前，他的样子有几分骄傲，又有几分羞涩，结巴着说：咋样，这这军帽可是真的。我们仔细端详朱革子时，却发现那顶帽子有些怪异，总觉得有些不对劲，仔细再打量时，这才发现他戴了顶无檐军帽，确切地说，这是顶女兵军帽。无檐军帽戴在朱革子头上，滑稽可笑，有一绺头发从前额处钻出来，样子像个女生。我们发现了这一点，便集体哄笑起来，弄得朱革子也手足无措的样子。他脸先是红了，又白了。最后把那顶女式军帽塞到书包里，低下头匆匆地向学校跑去。

从那以后，朱革子再也没戴过军帽。我们经常拿那顶女式军帽取笑他，每次他都红着脸说：别别说说了，好赖也也是真真军帽。后来我们发现同班女生王秋月头顶上多了顶女式军帽，我们一致认为朱革子把那顶军帽送给王秋月了，朱革子就急赤白脸地说：别别瞎说，让让人听听到不好。他这么说完，我们轰笑声就更响亮了。虽然朱革子不承认，但我们发现，从那以后，他和王秋月之间总是眉来眼去的。有时在放学路上，两人走的距离也很近，看到我们朱革子才快走几步，把王秋月甩在身后。

王秋月也是我们大院里的孩子，她父母都在军区门诊部上班，两人都是医生。王秋月是家里的老大，没有哥哥姐姐参军，她头顶上突然多了顶崭新的女式军帽，我们有千万条理由相信她头顶上的军帽就是朱革子送的。王秋月以前梳两条辫子，辫梢还经常系两条红头绳，在后背上甩来甩去的，很灵动的样子。因为突然多出的这顶军帽，她居然把辫子剪掉了，改成齐耳短发，配上那顶军帽，人就显得飒爽了许多。我们偷偷地注视着变化的王秋月，心想，她以后要是参军，一定是个漂亮的女兵。

我在参军报名队伍里也看到了王秋月，报名参军的女兵不多，王秋月站在队伍里显得与众不同。为今天的目测她似乎精心打扮了，齐耳短发梳得又顺又亮，配上那顶军帽俨然就像个女兵了。王秋月和三年前的她已经不可同日而语了，身材高挑，该丰满的地方一律丰满，弄得我们都不好意思望她。反而王秋月总是很大方，一双眼睛顾盼流荧，每次望到朱革子时，我们发现那目光总是会亮一下。她望向我们却没有那种亮。有一次在放学路上，我们把朱革子截住，非得让他交代和王秋月的关系，不交代就不让他走，那次把朱革子逼得没招了，才结结巴巴地说：我我爸头头疼，都都是王王秋月父母把把我爸送到医医院的，我给给她军军帽，那是感谢人家。朱革子终于承认王秋月头顶上的军帽是他送的了。我们就想起朱局长顶着一颗硕大的脑袋在太阳底下晒弹片的情景，在心里就原谅了他。但我们仍然嫉妒他和王秋月那种过电似的感觉。一想起他们之间四目相视的样子，心里便怏怏地不快。

那次参军前的目测，朱革子便被淘汰了，原因还是他的口吃。当两个年轻军官喊到他的名字，朱革子就挺胸抬头地从队列里走出来，还学着军人的样子，给两个年轻军官敬了个礼，大着声音说：首首长好。他的话一出，两个军官确认了一下眼神，其中一个军官就说：你叫朱革子？朱革子答：是。军官又问：你为什么要参军？朱革子挺了下身子答：保保家卫国。这次两个军官把眼神长时间地聚在了一起，似乎又一起肯定地点点头，就在手里的花名册上做了个标记。结果在公布的体检人员名单中，朱革子的名字就消失了。那天，我们看到朱革子的目光是绝望的，狠狠地扫了我们一眼，转身便跑开了。那次，王秋月也在体检的名单中，朱革子跑开时，我们看到王秋月也一脸失望，她的目光一直追随着朱革子的背影远去。

二

朱革子因为结巴，参军落选了。

我接到入伍通知书那天，专门找到了朱革子，他在楼下的花坛里正吹口琴，不知他吹的是什么曲子，曲调黏稠悲悲戚戚的，我站在他的身后，他仍然没有发现我。我看着朱革子的背影就想，要是他说话像他口琴声这么流畅，参军就不会落选了。我把手搭在他的肩上，口琴声便戛然而止了。他回头望着我，满脸的悲哀，半晌，我才问：下步怎么打算的？他把身子转过来，声音低沉地说：还还能咋，下下乡呗。我又把手拍在他的肩上，他突然抬起头盯着我的眼睛说：我恨恨我我爸。我一惊，不解地望着他。他甩了下口琴里的口水道：我我妈说了，我我口吃就就是和我我爸学的。朱革子母亲我们有印象，一个干净利落的中年女人，在机关的卫生处上班，一年四季总喜欢在脖子上系点什么，围脖、纱巾之类的，于是人就显得很俏皮。她比朱革子父亲年轻不少，站在朱局长面前时，人就越发地显得年轻。朱革子悲伤地勾着头，把脚前的一粒石子踢飞又说：为为这，我妈和和我爸吵吵了一架。我不知说什么是好，拉着朱革子坐下，安慰他道：下乡也不是什么坏事。在乡下待两年，回来找个工作也不错。

我发下新军装那一天，又找到了朱革子，他在家里也正在打背包，这两天他就该下乡了，我把自己的军装和军帽送给了朱革子，我这套军装是真的，是二哥参军后特意从部队上给我寄来的。朱革子看着我送给他那套军装，重重地叹了口气。我又保证道：我到了部队，一定给你寄一套新军装。我看到朱革子眼圈红了。

在那个飘着雪花的早晨，我们登上了运送新兵的卡车。我们军区院里这次参军的有十几个人，有同学杨卫平、刘振东等人，我们在卡车上还看到了王秋月，她和几个女兵挤在车厢角落里，背对着我们叽叽喳喳地说着话。就在这时，我看到了车下的朱革子，他穿着我送给他的那套军装，背着行李，手里提着提包，蔫头耷脑地走出来。我们把身子探出车厢，齐声呼喊着朱革子，朱革子苍白着脸，冲我们挤出一缕难看的笑意。我们知道，他这是去街道集合，准备下乡了。我挥着手冲他喊：朱革子，到了知青点来信。他没再回头，就那么勾着头，耸着肩膀一点点向院外走去。我发现王秋月的目光也在追随着朱革子的身影，似乎从她的目光中还看到了泪光。我又想起上学时，她和朱革子经常四目相对时那道像闪电一样的东西。

我们车下站满了送行的亲人和好友，他们不断地叮嘱我们注意这样那样的事项。我们参军出发，朱革子下乡，却没有发现朱革子有人来送，他形只影单的身影一直消失在院外，最后望不见了。

新兵连结束之后，我和杨卫平分到了一个班，王秋月那几个女兵则分到了师部的通信连，做起了话务员。通讯连在师部机关院内，条件要比我们团里的连队好许多，我们团部在距离师部还有二十几公里的一个山沟里。到了连队不久，我就得到了朱革子下乡知青点的地址，便洋洋洒洒地给他写了封信，通报了同学们的去处，最后又强调了下王秋月，告诉他王秋月通讯连比我们条件好之类的。过了好久，朱革子才回信，信不长只有半页纸，信中的最后一句话是：你们条件再不好，也比我们知青点强上百倍。关于知青点我们没有体验，但军区大院里许多哥哥姐姐都下过乡，他们经常以看病或探亲的名义从乡下跑回来。他们一律面色枯黄，衣衫破烂，回到城里后他们便开始想办法不再回去了，四处托关系在城里联系工作。找不到接收单位的，便托各种人脉到医院开出五花八门的诊断书，总之，他们的目的只有一个，就是不下乡。许多人从乡下回来后，往事不堪回首地总结道：知青点不是人待的地方。他们从乡下回来后，缓了一阵，又缓了一阵之后，他们枯黄的脸色才又泛出血色。

接到朱革子的来信，一面想着朱革子的艰苦岁月，一面找机会去师部转一圈，师部的院子要比我们团部大上好几倍，在我们眼里就是现代和文明的象征。卫生队专门在一栋灰色小楼里，院前屋后经常挂满了白色床单，还有女兵的军服，运气好的话，还能够看到女人晾晒出的内衣，同连来的女兵，有好几个被分到了卫生队。卫生队是女兵最集中的地方，除此之外，通讯连话务班也有十几个女兵，王秋月就是这些女兵之一。我们部队是野战军，在团以下单位，别说见女兵，就是各个连队的猪圈里母猪都见不到一只。因此，每到周末，请假去师部转一转、看一看成了我们的奢望。

我们每次去师部，先要走上一段路，才能见到公共汽车的站牌，等上好久，一辆公共汽车才喘息着驶过来，摇晃着再开上半小时左右，才到了师部。师部的军人服务社是最热闹的地方，周日的时候，许多男兵女兵都会到军人服务社买东西，运气好的话，还能碰到三三两两的女兵走过来。她们似乎刚洗过澡，头发还是湿漉漉的，有时她们会买点东西，有时又什么也没买，但她们手里一律会拿根冰棍，一边走一边吃，吃完冰棍，把手里的木棍又潇洒地扔到身边的垃圾桶里。

有一次，我和杨卫平结伴来到了师部，在军人服务社门口看到了同学张雯，张雯参军前又瘦又矮，脸上还有雀斑，在我们班女生中属于丑小鸭。此时的张雯，几个月没见，人就变了，比以前胖了，脸色也红润了许多。这都不重要，那天我们见她时，她正和另外两个我们不认识的女兵走在一起，她们一律目不斜视，挺胸抬头地从服务社里出来，杨卫平叫了一声：张雯。张雯立住脚，目光缓缓地投向我们，像电影里的慢动作。终于认出了我们，嘴里发出“呀”的一声，然后就夸张地说：是你们呀。那天我们站在军人服务社门前和张雯说了几句可有可无的话，张雯的话题从始至终一直没离开卫生队，什么学习打针了，配药了，总之，她把自己当成了个人物，临走时还不忘说上一句：有空到我们卫生队去玩。然后头也不回，挺胸抬头地走了。惹得一群路过的男兵引颈张望着她的背影。

杨卫平冲地上吐了口唾液，咬着牙说：什么玩意，跟我们还装得人五人六的。我也补充道：卫平你说得对，上学时，我们男生都没人正眼瞧她。杨卫平又咽口唾液，喉结上下滚动一下说：在部队就是缺女生，要是放到别的地方，我都不搭理她。

又有一次我和杨卫平去师部，在门岗外面碰到了王秋月，她匆匆从师部院里走出来，门岗后面有一个传达室，传达室门前立了个绿色的信箱，她是来寄信的，投完信抬眼看到了我们，怔了一下，便主动招呼道：是你们呢。王秋月几个月不见是真的变了，确切地说是变得漂亮和洋气了，一身军装合体地穿在她的身上，她的眼睛更亮了，乌黑的那一种，她忽闪着睫毛看着我们，弄得我们一时不知说什么才好。杨卫平一遍遍咽着口水，突然结巴起来：秋秋月，你咋样？王秋月就简短地介绍了下通讯连的状况，我们分手时，她又突然叫住了我们，低垂下眼睛小声地问：你们谁有朱革子的地址？我没加犹豫把朱革子的地址写在了她的手心里。她一直张着手，似乎五指握在一起那地址就会从手心里消失，她一边道着谢，一边张着手向院里走去。

回团部的路上，杨卫平一遍遍地问我：她还没忘掉朱革子？我没说话，望着公共汽车窗外，想到了上初一时，王秋月戴着朱革子送给她那顶军帽时的样子。确切地说，朱革子和王秋月之间的来往并不多，两人只是偶尔相望，目光交织在一起，激起一片电光火石之外，其他时间真没发现朱革子和王秋月有暗度陈仓的故事。朱革子和我住一栋楼，中间隔一个单元，上学放学，我们两人经常走在一起。在上学的路上也会经常碰到王秋月和其他几个女生，她们叽叽喳喳着，似乎见了我们男生，她们的话就格外多。我私下里问过几次朱革子，问他是不是对王秋月有意。每次朱革子都急赤白脸地辩白道：怎怎么可可能，我我是因因为她父母每每次接接送我爸。

朱革子的父亲朱局长每年都会有几次被救护车拉到医院里去抢救，一想到他父亲我就叹口气。有时我们放学时，会在办公楼门前的操场上看到朱局长，他顶着一颗硕大的脑袋在晒太阳，一看见朱局长，我就知道，他脑子里的弹片又受潮了。朱局长的脑门流着汗，脑袋越发地显得油光锃亮，嘴里发出咝咝哈哈的声音，不知是因为舒服还是痛苦。走在我身边的朱革子每次看到父亲这样，便背过脸去，露出难堪又痛苦之色。朱局长有时会看到我们，他把笑堆在脸上结巴地说：三小子，你你们放放学了。我一听到他结结巴巴的声音就想笑，但又不能笑，忍住笑应道：朱叔叔又晒弹片了。朱局长就笑一笑，把一脸褶皱堆在脸上。这时的朱革子会急三火四地拉着我快步走去。朱革子在没人时会经常叹气，然后望着远处的什么地方道：我我妈说说了，我我口口吃这毛病就就是和我爸学的。我不以为然地：你妈说得不对，你学结巴了，你姐怎么没结巴？那会朱革静已经参军了。听说朱革静当的也是名话务员，口齿清晰地接转电话。朱革子就摇着脑袋说：那那不一样，我我姐是女的。我听了他的话就笑了，结巴传男不传女，我第一次听说过。

想起往事，又想起王秋月要朱革子知青点地址的事，我断定，朱革子和王秋月真的没有什么，要是有什么，他们不可能不通信，也用不着向我要朱革子地址。但为什么王秋月偏偏只要朱革子地址，我心里又画了一个大大的问号。

有天晚上，我正躲在宿舍里给朱革子写信，想告诉朱革子王秋月要他地址的事，杨卫平突然闯进宿舍把我拉到门外，兴奋异常地告诉我：我刚才和王秋月通电话了。他的眼睛冒着亮光，意犹未尽的样子。我不屑地呲了声道：和她通个话有什么大不了的。杨卫平就摇着头说：她的声音在电话里太好听了，简直就是悦耳动听。我没想到他会用这个词，不可思议地望着他。他拉着我来到了连部门外走廊上，那里有部连队公用电话，战士们有事需要和其他连队战友联系就在这打电话。杨卫平不知是因为激动，还是别的什么原因，手哆嗦着，拿起电话，先是接通团部的总机，让总机接通师部总机，然后把电话听筒贴到我耳朵上，这时，听筒里传出一个好听的女兵声音：你好，请问要哪里？这声音的确很好听，用悦耳动听来形容一点也不过分。我一时不知说什么是好，杨卫平冲我使着眼色，我明白他的意思，便问了一句：是王秋月吗？得到了肯定答复之后，没话找话地说：你给朱革子写信了吗？电话那端突然短暂地沉默，半晌，才听她说：没有。最后我放下电话，心也跟着怦怦乱跳起来。

杨卫平挤眉弄眼地说：咋样，是悦耳动听吧？没想到做了话务员的王秋月声音一下子动听起来，她的话吐字标准，声音随着每个电波的律动传过来是那么让人受用，简直是天籁之音，像音乐又像一场春雨，总之，她的声音无法言说和形容。

从那以后，有事没事地，我和杨卫平就会凑到那部电话前和王秋月说上几句话，她是师部总机的话务员，每次值班都有许多电话需要接转，这时，她就让我们稍等，她接转完电话后，又会上线和我们说上几句。每每这时，心情就会舒畅许多，久了，就有种罪恶感，我隐隐地觉得她在和朱革子通信了，只是她不说而已。我从朱革子的来信中看出了蛛丝马迹，朱革子现在来信不再抱怨知青点有多苦多累了，而是憧憬着说，争取早日回城找份工作。信的末尾总是会写上一笔：最近见到王秋月了吗？都是同学，你们在一起要互相照顾。我隐约觉得朱革子和王秋月有些不对劲了，同参军的这么多同学，他为什么不提别人，总是提王秋月？意识到这些之后，我便不再给王秋月打电话了，杨卫平就像中了邪一样，只要王秋月当班，他都要和她说上一阵子，东扯葫芦西扯瓢的，就是没话找话。每次和王秋月通完话，他的人就不一样了，飘飘悠悠的，幸福的感觉一直洋溢在脸上。然后迷迷瞪瞪地望着某一处发呆。我意识到，杨卫平这小子已经暗恋上王秋月了。看到他这样，我就想到朱革子在信上说的话：你和秋月是同学，要相互照顾。看着杨卫平走火入魔的样子，又不好戳破他。

三

杨卫平已经爱上了王秋月。这是我的发现。以前周末时，他总是约我和他结伴去师部，在军人服务社买两支雪糕，来到门外，一边慢条斯理地吃雪糕，一边暗中观察来来往往的女兵，当然，偷看女兵的不仅是我们，还有其他一些男兵。女兵们自然也知道我们在偷瞄她们，路就走得和平时不一样了，又矜持又妖娆。看着女兵们如此模样，我就想，她们此刻一定觉得自己是天底下最漂亮的一群女人。自从在师部门口和王秋月邂逅之后，杨卫平总会到通讯连门口站一站，有时会碰到话务兵在换班，三五个女兵站成一排，“一二三四”地去总机班换班，下了班的几个女兵也排着队“一二三四”地走回来。我们有时会看见王秋月也在队伍里，她发现我们就冲我们笑一笑，回到连队院内便消失在门洞里。每每这时，杨卫平就干干硬硬地咽口唾液，仿佛刚从梦中醒来，半晌之后冲我说：咱们回吧。

杨卫平对王秋月走火入魔后，再到周末时，他就独来独往了，每到周末，把假条塞给班长，然后就像只兔子一样从我眼前消失了，我知道他的目的是什么。杨卫平一走，我就想起朱革子，不知他此时在知青点如何受苦受累。我给朱革子的信件大都是在这会写的，当然我并没有提杨卫平追求王秋月的事。起初朱革子的信回得很快，抱怨没能参军，他还说，一个老知青告诉他一个治结巴的偏方，就是大声地读报纸，我想象着朱革子读报纸的样子。我记得我们上学时，老师也经常把朱革子叫起来，当着全班的面读课文，朱革子读课文时总是铿锵有力，抑阳顿挫，一点也不结巴，作文写得也是文笔流畅，语文老师经常把他的作文当成范文来读。老师在讲台上读他的作文时，他坐在位子上，腰板是笔挺的，眼睛还一亮一亮的。这段时间不知为什么，朱革子的来信少了许多，有时我写上三两封信之后他才回上一封。内容也简略得很，有应付差事之嫌。我又想到了王秋月要朱革子知青点地址的事，就想，也许朱革子把写信的热情都献给王秋月了吧。这么想过，在内心深处为朱革子祝福着，但隐隐地还有些失落，在我们眼里王秋月方方面面的条件都要比朱革子强，不知王秋月喜欢朱革子哪点了。

周末下午的时候，杨卫平从师部回来了，不仅他回来了，那些请假外出的士兵，都陆续回来到班长那去销假了。杨卫平每次回来，神情都很疲惫的样子，他歉意地从挎包里掏出一个苹果什么的，递到我面前声音虚虚地说：给你带的。我把目光望向他，希望从他眼神里看出些什么，每每这时他都在掩饰，脸上挂着笑，把目光移向别处，嘴里南辕北辙地说：以后你需要什么，我去服务社给你带回来，省得你跑腿了。再用目光深究他时，他已经躲出宿舍了。

只要一有空闲，杨卫平就往连部里跑，我知道，他一定是给师部总机打电话了。过了一会，又一会，他便回来了，嘴唇似乎舔过了，湿湿的很滋润的样子，一脸满足和幸福，开口说话时，也努力咬“音”嚼字的，让自己的话语标准起来，我想，他一定是受了王秋月的影响。

有一次，晚上我和他在操场上散步，有几个星星寡落着在天边眨动着，杨卫平似乎有些魂不守舍的样子，不时地扭头向连部方向张望，我知道他又想给王秋月打电话了，便立住脚认真地盯着他说：卫平你想谈恋爱我支持你，可你要分清对象。他听了我的话，眼睛眨了几下道：怎么了？我又说：王秋月和朱革子有意思，咱们不能做对不起哥们的事。从上初中开始，我就把朱革子和杨卫平等几名同学当成了哥们。哥哥姐姐都毕业了，有的参军有的下乡，我们成了保护弟弟妹妹的男人。军区大院子弟学校经常和地方上育红学校的那帮人起冲突，这种对立矛盾从什么时候开始的我不知道，反正，我们一上学时，在放学或上学的路上，经常遇到育红学校高年级的学生欺负我们，还经常抢我们头上戴的军帽。每每这时，哥哥们总是过来解围，有时把他们吓跑，有时又会发生一场恶战，总之，有哥哥们在，我们没吃过亏。现在轮到我们保护弟弟妹妹了，我和朱革子、杨卫平几个人天天像救火队员一样，前赴后继地出现在最危险的地方。经常把育红学校那些欺负我们的男生打得落花流水。我们的友谊就是这么建立起来的。

杨卫平听了我的话，怔了怔说：你能肯定朱革子和王秋月好上了吗？

我说：虽然不肯定，但也十有八九。

杨卫平咽了口唾液又说：只要他们的关系没有宣布，我就有追求王秋月的权利。

听了杨卫平的话，轮到我发怔了。杨卫平又急三火四地奔向连部，饿狼似的扑向了那部电话机。

在以后的日子里，杨卫平经常迷迷瞪瞪地跟我说：王秋月的声音真 ×× 太好听了，简直就是天籁之音。

我不知道杨卫平是喜欢上了王秋月这个人，还是她那悦耳动听的声音。或者兼而有之，总之，他为王秋月已经神魂颠倒了。

我们入伍第二年的春节前，探亲休假，从车站出来，我们意外地看见了朱革子，他穿了身旧军装，立在出站口，目光越过我们的头顶向我们身后望着。杨卫平怔了一下，犹豫着脚步，我拉了他一下向朱革子走去，快到他眼前时喊了声他的名字，他一惊才把目光移到我们的脸上：你你们也坐坐这趟车？说完目光又向出站口望过去，我顺着他的目光望过去，王秋月从出站口走出来，朱革子冲我们：我我去接接人了。说完火急火燎地向王秋月奔过去。

杨卫平手里的提包掉在了地上，他呼吸急促，脸都白了。我狠狠地扯了一下他的肩膀，我们都没想到，王秋月和我们坐一列火车回来的，我们居然没有发现。上了公共汽车，杨卫平似乎才缓过神来，仍用不可思议的语调说：怎么会，怎么可能，王秋月怎么看上他？

爱情这东西是说不清楚的，在那年的春节，我经常可以看到朱革子和王秋月出双入对的身影。王秋月穿着军装，鲜红的领章和帽徽映得她的脸红扑扑的，朱革子则穿了一身洗得发白的旧军装不离左右。如果说我们上高中时，朱革子和王秋月是暗恋，现在就是从地下走到地上了，他们明目张胆的爱情像面旗帜似的在那个春节到处招摇。

杨卫平显然是失恋了，在探亲的日子里他几乎闭门不出，不论怎么打电话叫他，他不是说不舒服就是头疼，总之他找各种理由大门不出二门不迈，直到离假期结束还有两天了，同学们张罗一次聚会，他才勉强出来。十几天没见，杨卫平似乎变了一个人，很憔悴的样子，眼窝深陷，似乎是真的大病了一场。席间朱革子带着王秋月姗姗来迟了，朱革子拱着手一遍遍说：对对不起大家，来来晚了。王秋月脸红扑扑的，看看这个望望那个，很少说话，别人不论说什么，她都报以微笑作为回答。自从朱革子和王秋月到来后，杨卫平更加沉默了，目光就没离开眼前的盘子。

酒席间我们都一遍遍祝福着朱革子和王秋月，花好月圆的话说了一遍又一遍，酒喝了一杯又一杯，不知为什么，喝了酒的朱革子口齿变得清晰起来，他拉着我的胳膊一遍遍地说：秋月和你是一个师的，你一定要帮我照顾好她。他说这话时，还把目光落到杨卫平的身上，杨卫平头都没抬，他们之间无法确认眼神。那天晚上，朱革子很兴奋，话很多，酒量也很惊人，喝了一杯又一杯，最后他站起来道：今天我一人敬各位一杯，虽然我没参成军，但秋月替我参军了，我知足了。说完他开始打通关，一个又一个地敬下去，轮到杨卫平时，朱革子有些喝多了，脚步不稳，端酒杯的手也有些抖，他拍了下杨卫平的肩膀，叫了声：卫平。杨卫平就抬起脸，却没端杯子的意思，朱革子就说：卫平，咱们还是不是哥们？杨卫平把目光躲开，从牙缝里挤出一个“是”字。朱革子就说：我喝三杯，你随意，就是为了哥们。果然，朱革子站在杨卫平身边真的连喝了三杯。我看见此时的王秋月的目光一直在朱革子和杨卫平身上游移着。朱革子喝完众人都把目光移到杨卫平身上，饭桌上一下子静下来。这次探亲回来所有人都知道他暗恋王秋月的事，但没人把话说破，刚开始喝酒时，也小心地维护着他的心情。杨卫平突然站了起来，伸手抓过酒瓶子，那瓶酒刚打开，还有大半瓶的样子，他把瓶口插到嘴里，一口气把大半瓶酒都干了。引来众人一片喝彩。朱革子放下酒杯，一把抱住了杨卫平，突然狼嚎似的哭了，一边哭一边说：卫平呀，我没看错，咱们是永远的哥们……

那次休假回来，杨卫平几乎变了一个人，他开始变得沉默寡言，周末的时候，他几乎不再请假外出了，需要日用品也是让战友们帮忙带回来。再也不去连部打电话了。他学会了吹口琴，没事他就躲到操场旁的树下呜呜咽咽地吹上一气，然后把目光拉长望着天边某一处星光或者云朵沉思。

四

先是王秋月当满三年兵后复员了，杨卫平也是那一年复员的。复员的老兵都到师部集合，然后用大巴车再送到火车站，我一直把杨卫平送到了师部，三年战友生活让我们的感情得到了升华。最初连长宣布杨卫平复员消息时，我心里没着没落了好一会，到了师部操场上，杨卫平就站到了复员老兵的队列里。摘去领章和帽徽的这些老兵，虽然仍穿着以前的军装，怎么看都觉得少了点什么。我在复员老兵的队列里发现了王秋月，她和几个为数不多的女兵站在一起，自从她和朱革子公开恋情之后，我和杨卫平几乎再也没见过她。原因是我们一晃就是老兵了，偷看女兵那是新兵才干的事。但王秋月和朱革子又好上的事实还是给杨卫平带来挺大的打击。自从那以后，杨卫平的性格大变，他不再天真无邪地嘻嘻哈哈了，而是开始变得沉默寡言，一下子成熟了不少。杨卫平就是那会学会的吸烟，没事的时候，他就会在连队院内找个角落蹲下身子，看地上的蚂蚁爬来爬去，然后点燃支烟狠狠地吸上一口，让烟雾把整张脸罩住。我们刚到连队时，看到许多老兵都是如此的状态，那会我们不理解，以为当兵当傻了，那些蚂蚁有什么好看的。当我们融入老兵发呆看蚂蚁的行列里时，我才突然发现，我们也已经成为老兵了。

站在复员老兵队伍里的王秋月，一脸平静，她上大巴车的样子还有些雀跃，就像一只刚出笼的小鸟。她坐在大巴车上，透过车窗看到立在车下的我，手伸出来小幅度地冲我摆了摆，甚至还咧开嘴笑了一下。杨卫平坐在与她隔了几个窗口的位子，大巴车启动的一瞬间，我冲他们大幅度地挥舞着手臂。不知为什么，泪水突然涌出来，模糊了我的双眼，大巴车就在我蒙眬的视线中远去了。

杨卫平复员两个多月后吧，我收到了他的来信，他在信中喜气洋洋地告诉我，他现在成了一名交通警察，刚刚报到，正在接受培训。我替杨卫平感到高兴，交警也是警察，小时候我们各自谈起梦想时，记得杨卫平和朱革子两人的理想就是做一名警察。

想到朱革子才意识到，他已经好久没给我来信了，我们参军，朱革子下乡，都是在同一天，细算起来已经有三年多了。我们军区大院里也有一些哥哥姐姐下乡了，大都是三年两年就从乡下回来了。我给朱革子写了封信，询问他在城里工作联系情况，还告诉他杨卫平复员回去找到交警的新工作。不知为什么，朱革子一直没有回信。

年底时，我被宣布提干了，春节前回去探亲。从参军到现在，我这是第二次回家。我回到军区大院时，在门口竟然看到了朱革子，他穿了件油脂麻花的军大衣，大衣老旧得已经看不出本色了，他的头上居然还戴了顶狗皮帽子，一只手提了只提包，踉跄着身子往里走。我是从他走路的姿态上认出了他，大叫了一声，他回头，发现是我，把手里的两只提包顺手扔到地上，张着手臂向我迎过来，结巴地说：是是你小小子呀。我们俩在军区门口结实地拥抱了一下，我从他身上闻到了一股土炕味。以前朱革子来信告诉过我，他们知青点住的是土炕，北方人对土炕自然不陌生，可我一次也没住过，就问他住土炕的感受，朱革子就在信中说：一股煳了吧唧的味。此时我在朱革子身上闻到的就是这种味。我们一边拍打着对方的后背，一边大笑着，我抽空问：你这是从乡下回来了？他就答：可可不，费费老鼻子劲了。然后他又打量我道：你你小小子行呀，穿穿四个兜的干部服了。我从朱革子的脸上看到了羡慕的眼神。我们一边说一边向院里走去，我们又在楼下分手，相约着过两天好好聚聚。

回到家之后，我才听母亲说，朱革子父母为了早日把朱革子从乡下调回来真的费了不少周折。朱革子父母都是军人，朱局长是管部队营房的，母亲在机关的卫生处上班，两人几乎和地方上的人没什么交往。看到别人家的孩子，要么在部队提干，要么复员，按照政策顺利找到工作，唯有朱革子还在农村吃苦受累，他们都为朱革子着急。后来还是姐姐朱革静的男朋友出面帮忙，朱革静几年前就复员了，在一家医院里当护士，朱革静参军时，在部队一直是卫生员，复员回来当护士也顺理成章。她的男朋友是自己的战友，在木材厂当车间主任，为自己未来的小舅子帮忙自然不遗余力，终于找到一个招工名额，这才把朱革子从乡下调了回来。

几天后，朱革子、我、杨卫平还有其他几个同学聚了一次。朱革子刚到木材厂报到，还没正式上班，我们两个属于没事人到得比较早，到饭店包间等了好一会，其他人才陆续赶来。记得杨卫平是最后一个赶到的，酒菜已经上来了，他穿了身警服，推开门带来一股寒气，他一边搓着手一边说着抱歉的话，然后依次和我们握手。轮到和朱革子握手时，我发现朱革子的情绪一下子低落下去。我不知道他的这种变化到底是为了什么。席间喝酒时我为了调动朱革子的情绪就说：听说王秋月到市毛纺厂上班，那单位效益好，祝贺你呀。有人就补充说：王秋月现在在厂工会当广播员，你们没听过王秋月广播吧，声音比电台的播音员一点也不差，有空你们可以去听听。众人就起哄，一起夸王秋月的声音好听，人也漂亮，都说朱革子福气不浅。虽然大家都这么说，朱革子的情绪仍然不高涨。

说说笑笑之间，几瓶白酒就喝光了，一直到饭店打烊我们才离开，朱革子明显喝多了，一出饭店的门，便找到棵树抱住，身子也滑下去，冲树根呕着。杨卫平和我一直把朱革子搀回到军区院内，因我和朱革子住一栋楼，杨卫平分手时把朱革子交给了我。杨卫平一走，朱革子拉着我走到花坛的排椅处，因为是冬天，排椅上落满了雪，他不管不顾地坐下，我只能陪着他。他把我手攥紧，还用了些力气，盯着我的眼睛说：我我不服哇。我不解地盯着朱革子，他把头向前伸着，又做出随时要吐的样子，却没吐而是说：咱咱们都是同学，你你们工工作都比我我好，我进木木材厂就就是一个工工人。说到这他大哭起来，时间已经很晚了，家家户户的灯早就熄灭了，朱革子的哭声在空旷的花园里显得异常突兀。他的哭声尖厉而又流畅，和他的结巴一点关系也没有。我想把他的嘴堵上，觉得又不合适，只能把他的头按在怀里，手抚着他的肩膀，他的肩膀随着他的哭声耸动着，搜肠刮肚地安慰着他：没事，工作不合适想办法再找，天无绝人之路。好劝歹说把朱革子劝得消停了一些，扶着他来到了他家单元门口，却发现朱局长已经立在单元门口了，他披着棉衣，光着头正盯着我和朱革子。朱局长没说话，默默地从我手里接过朱革子，冲我点了下头就往单元里走去。显然，朱局长听到了儿子哭声，从楼上下来，朱革子到了父亲手里似乎一下子就清醒了，他止住了哭声，依靠着父亲的身体上楼了。我默了好一会才向自家门洞走去。躺在床上久久没有睡着，想象着今天晚上朱革子的表现，他心不甘情不愿。虽然从农村回到了城里，他并不满意现在的工作。

几天后吧，我出门办事，路过木材厂，突然想起朱革子就在这里上班，冒出了想去看看他的念头。见到朱革子时，他正在车间里忙碌着，穿了一身蓝色工作服，还戴了只口罩。一棵硕大的圆木被天车运到一架电锯面前，一个老师傅把一个铁钩子用力扎到圆木上，然后按下按钮，电锯突然启动，发出巨大的轰鸣声。电锯飞转着切进圆木里，顿时木屑四溅，直到一棵圆木被锯成条状，师傅关闭了电锯，车间安静下来，朱革子才看见我。他带我走出车间，从兜里掏出烟来，我们站在院子里吸烟，他把一口烟深深地吸进肺里又缓缓吐出，像发出的一声叹息。我拍一下他的肩膀，一时不知说什么才好。他突然伸出手在自己脸上抽了一巴掌，声音清脆而又响亮。我不解地：你这是干什么？他的目光一下子变得凶狠起来：都都是因因为我这结巴。要要是我不结结巴，我我就会和你们一样。朱革子突然这么一说，我一下子替他难过起来。那天我和朱革子立在木材厂院子里，吸了一支烟，说了几句可有可无的话便告辞了。

一想起朱革子的眼神我的心里就沉甸甸的。我在院里见过几次王秋月，她住在我对面那栋楼里，想见她并不是难事。复员后的王秋月穿着便装，人和在部队时就有些不一样了，头发似乎烫过了，波浪状，围巾外面的头发随着她的脚步一颤一荡的，很是好看。不知为什么，却没有看到过她和朱革子出双入对的身影，两个人都独来独往的样子。不知她和朱革子之间发生了什么。

突然想起同学说，王秋月现在是毛纺厂的广播员，声音动听得和播音员没什么区别。出于好奇，那天我骑着自行车来到了毛纺厂大门外，毛纺厂离军区大院不远，公交车也就几站地的样子。我到毛纺厂大门口时，正是交接班时间，一群女工走进厂内，厂内又有一群女工从院里走出来，眼前是一片戴白工帽的女工。纺织厂是三班倒，人歇机器不歇，二十四小时昼夜轰鸣。我到厂门前时，厂区的高音喇叭里正在播放音乐。音乐突然停止了，突然，广播里传来一个动听的女声：职工朋友们，现在是纺织厂电台播音时间，下面播报职工投稿……没错，这就是王秋月的声音，在部队时，我和杨卫平通过电话听到过她的声音，电话里她的声音很迷人，像块磁铁把人的耳朵吸住，此时，她的声音通过广播传递出来，仍然那么有磁性，标准的女中音。

我在纺织厂门口站了许久，一直到王秋月的播音结束我才清醒过来，在回来的路上，满脑子仍然是她那动听悦耳的声音。我终于意识到，声音对一个人有多么重要，即便没见过王秋月本人，只听她的声音也会被吸引，并爱上她。我又想到了朱革子因为结巴而苦恼，我理解了朱革子。

我归队的前一天晚上，接到了杨卫平的电话，他说要为我送行。我赶到他说的饭店时，他已经站在饭店门口了，看到我径直向一个包间走去，进了包间我才知道，除了我之外，他谁也没叫。他一边开酒一边说：今天我谁也没叫，就想和你单独聊聊天。大约半瓶酒下去之后，他突然对我说：朱革子和王秋月吹了。我一惊，盯着杨卫平。他就说：我听毛纺厂一个哥们说的，听说他们厂长的儿子在追求王秋月。我有些着急地问：他们因为什么原因吹了？杨卫平苦笑下摇摇头：听说是朱革子提出来的。

我得到朱革子和王秋月分手的消息并不吃惊，我回来这些天一次也没有看到他们出双入对的身影，他们分手却是朱革子主动提出来的，这不能不让我吃惊。在我们看来，王秋月能爱上朱革子就是个奇迹。一想起王秋月从广播里传出的动听的声音，我心里就麻酥酥的。

杨卫平深喝了一口杯中的酒，认真地看着我说：我现在追求王秋月还算不仗义吗？

我认真地望着杨卫平的眼睛，我知道从参军那天开始，他一直在暗恋王秋月，只是因为知道朱革子和王秋月好上了，他才把暗恋的苗头扼杀在心里。我想了想说：你不能这样，王秋月和朱革子的关系怕没那么简单。

杨卫平急不可耐地：再晚了，就让那个厂长的儿子抢去了。

我又说：她现在和那个厂长儿子谈上了吗?

杨卫平犹豫下才道：应该没有。

我再说：她要是和厂长儿子谈上了，你再去抢。说完又认真地盯紧杨卫平的眼睛。

他眼里突然亮了一下，拍了下大腿说：我懂了。

那天晚上我和杨卫平分手，走到朱革子单元门下抬头向朱革子家张望了一会，发现他家的灯已熄了。我真想见到朱革子问问他为什么要和王秋月分手。这时把朱革子叫出来显然不合适，第二天一早，我带着疑问和遗憾匆匆地归队了。

五

我归队之后，给朱革子写了封挺长的信，内容有三，首先问他为什么和王秋月分手。其次，是希望他振作起来。最后，我告诉他口吃这毛病是可以治好的。我不知在什么杂志或报纸上看了一则故事，说是国外有个国王，因为口吃很自卑总不能当着他的人民把演讲进行下去，这个国王便天天读报纸，当着众人，渐渐口吃的毛病就好了，成了一名擅于演讲的国王。信寄出后很久，却没有得到朱革子的回信。

杨卫平却来了信，他在信中说，朱革子想放弃和王秋月的爱情，可王秋月并没有放弃，原因是，他经常能在家楼下的空地上看到朱革子大声朗读报纸的身影，每每这时，王秋月都会站在朱革子一旁充当他的忠实听众。杨卫平在信中说，朱革子的朗读和上学时朗读课文一样，声音很大，也很流畅。最后他在信的结尾处不无忧虑地说：这个办法能治好他的结巴吗？我看悬。杨卫平已先入为主地下了结论。

我不管杨卫平如何悲观，三天两头地给朱革子写信，为他把朗读继续下去加油打气。朱革子虽没回信，我能想象得出，朱革子站在楼下的一棵树下，手里拿着一份报纸或杂志，大声朗读的样子，家家户户的窗子后面挤着各种各样的脑袋，目光自然也是复杂的。我现在最关心的是朱革子的父母是如何看待他的。他们是为朱革子的境遇感到悲伤，还是充满了悔意，这一切我不得而知。

大约半年后吧，杨卫平突然又来了封信，他告诉我，军区大院辖区的公安分局面向社会招聘警察，有军人履历的退伍官兵会优先考虑。他喜气洋洋地在信中告诉我，有许多战友报名了，还罗列了许多战友的名字。最后他又忧心忡忡地告诉我，朱革子也报名了。我明白杨卫平为什么忧心，他是担心朱革子的口吃毛病，最后功亏一篑。那样的打击怕朱革子承受不了。杨卫平婉转地告诉我，希望我给朱革子写封信，让我劝劝朱革子放弃报名，正视现实。

朱革子能听我的吗？我知道他的梦想就是想做一名警察，有一次我问他，为什么要梦想着当警察？他涨红了脸，半晌才说：警警察是是和和平年代的英雄。记得问他这句话时是初二的上学期。正是秋天，地上落满了树叶，我们走在树叶上一片哗哗作响。我们报名参军前，他又提过一次，小声地告诉我：我参军不不想提干，回回来想想办法分到公公安局。那个年代很多人参军就是想复员回来分配一个有铁饭碗的工作。那天，我重重地拍了一下朱革子的肩膀。他正一脸向往地憧憬着参军以后的样子。没料到，参军前的目测朱革子的梦想就被腰斩了。

我不知朱革子最近的朗读对治疗他的口吃有没有什么效果，我和杨卫平的意见不一样，我在信中鼓励了他，希望他为了自己的梦想而努力。这次朱革子很快回了信，他在信中告诉我，为了能考取警察，他现在每天跑五公里，用两个小时时间朗读报纸。他的信中充满了浪漫的现实主义气息，我为朱革子感到高兴。

大约一个月以后吧，朱革子又来了一封信，他又一次喜气洋洋地告诉我，他已经考取了警察，分配到街道派出所，成了一名光荣的治安警察。接到朱革子的信，我一颗悬着的心才落到了实处。

又几个月后，我探亲休假，母亲告诉我，朱革子考取警察并不那么容易。他是先挨了父亲几个耳光，又找人说了情才有了考取警察的机会。原来，朱革子又是在第一轮被考官刷下来了，他是如何含泪回到家里并没有多少人注意，但回到家里和父亲大吵起来许多邻居都可以做证，他们争吵的声音几乎整栋楼的人都听到了。朱革子含着泪冲父亲结结巴巴地说：都都怨你，我这这结巴都是和和你学的，害害得我我，参军不成，连连警察也当不上。朱革子含泪带怨地抱怨着父亲，朱革子母亲就两头劝了：你们小点声吧，当不上警察当个工人天塌不下来。朱革子不依不饶地：我我这辈辈子就毁毁在我爸手里了。这时，人们听到惊天动地的一声大喊：放放屁，我我那么多好处你没学，谁谁让让你学学这个了。朱局长的口吃一点也不亚于朱革子。朱革子此时一定是梗了脖子，一副视死如归的样子了，他仍然不依不饶地说：不不怪怪你，怪怪……那个谁还没说出来，朱局长的巴掌左右开弓连扇了朱革子几个大耳光，声音清脆而又嘹亮。紧接着就安静下来。朱革子和我们一样，从小到大没少挨父亲的打，以前打几个耳光这都是小事，小时候我们闯了祸还被父亲绑到楼下的树上去喂蚊子。后来我们再大一点，在外面惹了祸，就不敢回家了，要么跑到院外的同学家借宿，要么跑到郊区的山里去躲藏，几天后，我们自以为父母消了气，才敢颤颤颠颠地溜回来。但自从我们上了高中以后，个子都有父亲高了，也懂事了许多，父亲就不再打我们了。

几年没遭到父亲暴打的朱革子，突然受到这致命一击，一定晕头转向，目瞪口呆。他用手捂着脸，不可置信地看着父亲，父亲的一颗光头在他眼前晃来晃去。朱革子镇静下来，放下手，扬着红肿的脸说：好，你不是打我吗，我从今以后不在这个家里待了，我走还不行吗。

朱革子转身进了自己的房间准备收拾东西，母亲却兴冲冲地进门一把拉住他的胳膊道：儿子，你这病好了！朱革子望着母亲道：什么好了？母亲拍了一下他的肩膀道：你的口吃呀。朱革子不信任地盯着母亲的脸，又摸摸自己发热的脸说：妈，我真的好了吗？母亲哭了，一边哭一边说：还不快谢谢你爸，他要不打你几巴掌，你这口吃病能好吗？

朱局长打完儿子正后悔，他背着手在客厅里转圈，听老伴这么说才把注意力收回来，望着喜极而泣的老伴，又望眼发呆发愣的朱革子说：你你再讲讲两句。

朱革子就说：我要是考不上警察，工作我也不干了，我要离家出走。

朱革子后来跟我说：他当时的确有这个想法。就此云游四方，破罐子破摔了。

朱局长听了，左手打右手，又跺了下脚道：老老天爷呀，你你可不好了嘛。

朱革子的结巴被他父亲打好了，但人家警察招人的考官已经宣布朱革子被淘汰了。似乎也无可挽回了。母亲就眼泪汪汪地冲朱革子父亲说：老朱，这次你无论如何要帮一次儿子，咱们可就这一个儿子呀。当初，朱革子没能参军，母亲已抱怨父亲好几年了，一提起儿子下乡时吃的苦就唉声叹气。后来虽然是回城了，工作不仅朱革子不满意，他们也不满意。

朱革子母亲不想放弃这次改变儿子命运的机会，一遍遍央求着朱局长。朱局长在客厅里又转了两圈，看了眼呆站在一旁的儿子，狠了狠心说：我我给王副局长打个电话，看看能不能管用。朱局长说的王副局长以前是军区的一名转业干部，和朱局长在一起共过事。

朱革子的命运就此发生了改变，他又重新接受了面试，笔试……一路过关斩将，终于如愿以偿地成为了一名治安警察。

那年的元旦前一天，我又一次回家休假，一进军区大门，就看到了大门口一旁的电线杆上贴上了大红喜字，每隔几步就张贴了这样的喜字。这些喜字显然是刚张贴好的，我顺着喜字一直走到朱革子家那个楼门口，楼门口左右各贴了喜字，我不知谁要结婚了。刚进门，正要问母亲，母亲告诉我，是朱革子要在元旦结婚。朱革子马上要结婚了，这小子居然一点消息也不给我透露，我又问母亲：新娘是谁呀？母亲说：还有谁，不就是那个王秋月么。我心里舒了口气，朱革子这是挣扎了一圈又回到了原点。想想也是，现在他口吃病好了，又当上了梦寐以求的警察，在我心里他完全配得上王秋月。

朱革子的婚礼是在一家饭店举行的，我和杨卫平还有同年的战友都参加了他们的婚礼。朱革子身穿警服站在台上，人一下子就显得很精神。王秋月穿了一身大红的衣服站在朱革子身旁，她正一脸幸福地微笑着。婚礼主持是朱革子的姐夫，木材厂的车间主任，他热烈地讲了一番花好月圆的话之后，然后安排新郎新娘讲话。先是朱革子向前迈了一步，还给到场的所有人敬了个礼，然后他口齿清晰地冲新娘子王秋月说了许多感激的话，同时也感谢了到场的每位亲戚朋友。轮到王秋月讲话时，她还没开讲，台下就响起了一片热烈的掌声，那是参加他们婚礼的毛纺厂的女工们，她们一边鼓掌一边呼喊着王秋月的名字。当王秋月第一句话一出口全场立马变得鸦雀无声了，许多年过去了，我们都忘记了她当时讲的内容，但她动听的声音一直回荡在我们的脑海里。她的声音像一首动听的旋律，穿过了我们所有人的耳鼓，听着她的声音望着台上幸福的王秋月，她的人就像一朵盛开的鲜花在婚礼的舞台上绽放。

我在整个假期，无数次地看到朱革子和王秋月出双入对，恩爱甜蜜的身影出现在军区大院里。我望着他们恩爱如初的身影，衷心地祝福着他们。

这次休假即将归队前，突然又一次接到了杨卫平的电话，还是要为我送行，准备了酒宴。我几乎每次归队前，杨卫平都要搞一次这样的仪式。上学期间我和杨卫平关系不算紧密的，但经过几年战友的历练，我们的关系明显比其他同学更近了一层。

晚上来到杨卫平指定的酒店，发现朱革子和王秋月也来了，我前脚刚到，杨卫平带着一个女孩也到了。席间杨卫平介绍那个女孩是他们交警支队的内勤叫赵小琴，赵小琴也当过兵，要比我们晚两年，她在部队时做的是卫生员。

那天所有人都显得很高兴，我们三个男的都喝了不少酒，先是互相说着祝福的话，到后来，我们就回忆上学时的种种趣事。还说到了朱革子送给王秋月那顶女式军帽，王秋月这才说出了实情，她就是在那会爱上朱革子的，她说到现在那顶军帽她还保留着。我们一起回忆着青葱岁月。

饭局结束之后，赵小琴的家住在另外一个方向，我们先把她送上公交车，然后才一起往军区大院方向走。朱革子明显喝多了，这半年来，他正春风得意，结巴的毛病被他父亲几巴掌扇好了，又娶了王秋月，他没有理由不高兴，所以就喝多了，王秋月就半搀半扶着他。我和杨卫平相互搀扶着往回走，趁朱革子他们不注意，我小声地问杨卫平：今天咋把朱革子和王秋月也叫来了？这话我一进门时就想问，一直没有找到机会。杨卫平突然把我拉到路边，我们俩坐到马路牙子上，挥手让王秋月扶着朱革子先走。两人走出一定距离后，杨卫平才道：你知道吗，我这是给我自己画上一个句号。我明白他说的句号是什么意思，在朱革子没结婚前，他一直在暗恋着王秋月。去年我休假时，朱革子人生处于低谷，在有意回避着王秋月，他就动了再次追求王秋月的心思。杨卫平掏出烟，我们各自点燃，杨卫平看着自然明明灭灭的烟头说：念想就像这烟头，吸完了就熄了。我扶着他的肩膀说：那个赵小琴不错，她当过兵，现在又和你在一个单位，你们一定有许多共同语言。杨卫平听了我的话，突然大哭起来，不可遏制的样子。我没有理他，我知道，杨卫平正把自己的暗恋埋葬。果然，过了一会，杨卫平把烟掐死在马路牙子上，站起身拍拍屁股上的土说：走，咱们该回家了。一路无话，我和杨卫平肩并肩地向军区大院走去。

六

我调到军区机关那一年，朱革子的儿子都三岁了。也是那一年，朱局长退休了。朱革子自从结婚一直住在家里，姐姐朱革静和木材厂的车间主任早几年就结婚了，搬出去另过日子了。

我每天早晨上班时，经常能看到朱革子牵着儿子的手向院内的幼儿园走去，这是军区子弟幼儿园，在大院东侧的一个角落里。我和朱革子从小就在这个幼儿园里长大的，记得刚上幼儿园时，朱革子刚脱下开裆裤，想上厕所又不敢向老师报告，经常把尿撒在裤子里，然后老师就给朱革子妈打电话，过了半晌，又是半晌，朱革子妈风风火火地从外面跑进来。老师早已把朱革子尿湿的裤子脱下来，朱革子便半裸着身子蹲在墙角，想哭又不敢的样子，被他妈扯起胳膊向家走去。我们透过窗子看见母亲一边数落他，说到生气处，还拍了几掌他的后背，朱革子嘹亮的哭声便传过来。我怀疑朱革子就是那会落下的病根才结巴的。朱革子尿裤子的事，从小班一直到中班，他才改掉这个毛病。知道上厕所要请假了，每次请假都小心地站起来，怯懦着声音道：老老师，我我要上厕所。然后就弯着腰夹着腿，扭捏地走出去。

现在还是那个幼儿园，只是门窗似乎换了。朱革子牵着儿子的手走在前面，王秋月随在后面，一家三口人幸福地向幼儿园走去。此时的朱革子一丝不苟地穿着警服，挺胸抬头地牵着儿子的手，儿子就左顾右盼地看街景，我发现朱革子的儿子眼睛很亮，五官长得像王秋月。

王秋月已经到市电台上班了，是名交通电台的节目主持人。两年前她参加了市里组织的主持人大赛，一举取得了第二名的好成绩，不久便被市电台挖了过来。那会交通电台刚成立，正四处搜罗人才。我们经常在广播里听到王秋月悦耳动听的声音，有时报路况，有时也和另外一名男主持人在广播里谈天说地讲笑话，她现在是最受听众喜欢的主持人之一。生完孩子的王秋月似乎一下子长开了，她比以前更漂亮更有女人味了，一眼望去便是颇有姿色的少妇。

朱革子、杨卫平我们这些发小经常聚会，朱革子每次都会晚到，经常带着一股凉风走进包间里，先坐下，然后又欠起身子把腰间的枪掏出来，重重地放到桌子上。我们把目光就投到他那把枪上，每每这时，他都用手护住枪，低调地冲我们笑一笑道：有了枪才有平安。他这么说，我们也笑一笑。朱革子现在很自律，从来不多喝，每次吃饭，只倒一杯啤酒在自己眼前，饭局结束时他才把那杯酒一饮而尽，于是人就显得很清醒的样子。有时我们喝多了，他会扶着我们往回走。不时地把腰间的枪碰到我们身上，硬硬的。杨卫平就说着酒话道：×，你天天带着个家伙，是不是睡觉也搂着。朱革子不说什么，只是笑一笑，很满足很幸福的样子。

有时我们饭才吃到一半，朱革子接到电话有出警任务，又抓起枪，急三火四地走了。我们望着朱革子出门的背影，杨卫平就举起杯子喝口酒说：发现没有，朱革子自从当上警察后，人和以前不一样了。

我笑笑，我知道朱革子从小就喜欢警察，一直梦想着做一名警察。小时候做游戏时，他总想当警察抓坏人。有一次，高年级的翟天虎和我们一起做游戏，高年级的同学做游戏总是会花样百出，翟天虎那天分派朱革子做小偷，我们做警察，翟天虎瞅着朱革子说：你一看就不是好人。小时候的朱革子长得的确有些奇怪，脑袋是长方形的，头发还杂草丛生的样子。朱革子一听让自己做小偷立马咧开嘴大哭起来，我们好奇，他说话结巴，可哭起来和正常人没什么两样，流畅而又嘹亮，闭着眼睛咧着嘴，让哭声传到每个角落。杨卫平还抓了一把草塞到他咧开的嘴里，哭声才戛然而止。

杨卫平也已经结婚了，婚后的生活也很幸福和谐的样子。但只要一提起王秋月，他的表情就复杂起来。有一次，我们喝完酒趔趄着向军区大院走去，他突然拉住我说：我总觉得王秋月嫁给朱革子亏了。我有些惊怔地去望他，他看出了我的意思，忙摇头说：我心里早没王秋月了，你可别乱想。作为同学战友，我替王秋月亏得慌。我拉过杨卫平在路边坐下，叹口气说：朱革子这人不错，现在是警察了，穿上警服人也是很精神的。

杨卫平吐了下口水说：他不配王秋月。

当初王秋月和朱革子好上时，我也有些吃惊，难道就是因为当年朱革子送给她那顶军帽吗？后来过了几年，我觉得爱情这东西说简单也简单，说复杂也复杂，朱革子和王秋月的爱情就是个例子，人们都觉得朱革子配不上王秋月，可人家又很幸福，感情这东西说不清楚。

杨卫平一提起王秋月便耿耿于怀，我明白杨卫平这小子心里的情结还没有完全解开，就是因为他当年追求过王秋月。过年过节我们一起再聚会时，王秋月有时也会参加，她的样子似乎早就忘了我们当年给她打电话闲聊的事了，总是大大方方有说有笑的。凡是有王秋月参加的聚会上，我们说话都很少，想方设法让王秋月多说话，因为她的声音和收音机里的声音又不一样，更加悦耳动听。后来我们想出一个让王秋月多说话的游戏，她说三十秒话，我们喝一杯酒。我们乐此不疲地做着这个游戏，每次杨卫平都会喝醉。在众人搀扶下东倒西歪地往回走，一边走还一边笑着，脸上洋溢着无边的快乐。

朱革子父亲那个光头朱局长突然在一天夜里被送到了医院，那天晚上救护车开到楼下时，我们许多人都看到了，医护人员和朱革子七手八脚地把他父亲抬上了救护车。朱局长被救护车拉到医院并不稀奇，隔三岔五地就会来上这么一出。救护车走后，各家各户便熄灯睡觉了，一切归于平静，就像什么事也没发生一样。

第二天早晨，我们却听到了一个惊人的噩耗，朱局长昨晚去世了。原因还是头里那块弹片，那块在朱局长脑子里潜伏多年的弹片，刺破了他脑子里的血管……

朱局长的追悼会很隆重，军区首长都参加了，悼词是后勤部长念的，我们作为朱革子同学也参加了他父亲的追悼会。后勤部长在悼词中细数着朱局长的履历，我们都惊呆了，他十三岁就参加了革命，在冀中打过游击，抗美援朝还参加过上甘岭战役，他头部的弹片就是在那次战役中留下的。朱革子母亲在朱革子和王秋月搀扶下站到朱局长遗体前，墙上挂着一幅巨大的朱局长遗像，遗像中的朱局长穿着军装，戴着军帽，此时照片中朱局长的头一点也不大。我再望朱革子时，他身穿警服，臂戴黑纱，当后勤部长致完悼词，我们排着队向朱局长遗体告别时，突然听到朱革子发出一声凄厉的叫声：爸，爸呀……他几乎欲扑到父亲的遗体上，被我们抱住，朱革子已经哭成了一团。

平时觉得朱革子和父亲的感情一般，从小他一直记恨自己是因为父亲才学成了结巴，虽然，他被父亲打了几个耳光治好了结巴，顺利地参加了警察队伍，但每次我们在院里看到朱局长站在凉亭边晾晒他的脑袋时，朱革子总会把头别过去，不想多看父亲一眼。从小到大我们欣赏朱局长晒那颗大脑袋，觉得是军区大院里的一景，每次看朱局长晒脑袋我们都心生愉快。唯有朱革子总会把脸沉下来，别过头去，装着没看见一样。从我们记事起，朱局长就一直是局长，在职位上从来没动过窝，而我们的父亲从师职到军职，隔几年总会升一级。我们放学在军区院内那片小树林里，每次谈到自己的父亲时，都心生骄傲，每每这时，朱革子就会悄悄溜走。

朱局长去世后，父亲心情也很沉重，在饭桌上没吃几口饭便放下筷子，然后他就说起了朱局长。父亲是朱局长老战友，他们当年打游击时就在一起，还说到上甘岭上那块弹片，朱局长是中了弹片之后才变得结巴的，父亲叹着气说：老朱脑子的神经被弹片切断了……在我的记忆里，父亲这是第一次这么述说朱局长。我们想起小时候，尾随在朱局长身后学他结巴说话，那一次，父亲迎面走过来，在孩子群里把我抓出来，狠狠地踢了我两脚。从那以后，我再也没敢尾随在朱局长身后，取笑他说话。直到现在我才明白，朱局长脑子里的弹片，不仅疼在朱局长身上，也疼在父亲的心里。

朱局长去世后，在很长一段时间里，我都看见朱革子臂戴黑纱神情严肃的样子。过了好久，黑纱才从朱革子的手臂上消失。不知为什么，朱革子似乎比以前成熟了。他走在院里时，经常把目光投向那个凉亭，那是他父亲退休后经常去的地方，一些人在凉亭里下棋，他父亲则站在凉亭外太阳照得见的地方晒着脑袋。我看到朱革子还会经常在凉亭里驻足，这摸摸那看看。每次看到朱革子这样，我心里都沉重几分。默然地叹口气。

七

我们这拨同学中，开始陆续有人拥有私家车了。杨卫平买了车不久，有一个周末他打电话约我去钓鱼，说渔具已经准备好了，我只能下楼，坐上了杨卫平的车。车是新车，散发着刚出厂的气味，车内收音机调到当地的交通台，一阵音乐之后，王秋月的声音便出现了。她先是在动听地播报路况，然后和另外一个男主持人谈天说地，他们的话题就是说吃鱼，从小时候对吃鱼的记忆，到现在市场买的鱼，还有水库鱼，杨卫平不动声色，全神贯注地听着交通广播。我理解杨卫平，便没有打扰他，把目光投向了车窗外，看着熟悉又陌生的景色向车后退去。杨卫平把车开到一个水库旁，我看到了漫无边际的水库，王秋月这档节目也下线了。我望着兴致勃勃向水库旁走去的杨卫平突然明白了什么。

从那以后，又坐了几次杨卫平的车，车内收音机自然还是锁定在交通台，王秋月动听的声音便充满了耳鼓。说心里话，王秋月的声音的确很美妙，就连她的叹息都充满了韵律。只要王秋月的声音出现在收音机里，杨卫平就像换了个人一样，有时我连喊他几声他也听不到，脸上的表情随着王秋月的声音起伏变化着。

有一次，我和杨卫平聚会完，往回走，就重重地拍了一下他的肩膀，他侧过头望着我，我说：这样挺好的。他问：什么挺好的？我没继续说下去，只是冲他心照不宣地笑一笑，他似乎读懂了我的笑容，沉默片刻，叹口气说：人活到最后其实活的是精神。杨卫平说这话，我们已经到了三十五六岁的年纪，再往前一步，就跨入中年人的门槛了。快到中年的我们，人生就多了许多感悟。

朱革子一家仍然和他母亲住在一起，父亲去世，母亲需要人陪。我经常能看到朱革子匆匆从楼上走下来，手里提着儿子沉重的书包，到楼下自行车棚里推出自行车，把儿子的书包挎到自己的肩上，先是一偏腿跨上自行车，儿子在后面一蹿就坐到了后座上，朱革子弓起身子便带着儿子出发了。每天早晨送儿子上学是朱革子既定项目。还是我们当年上学的八一中学，出军区大门向左拐，过两个红绿灯再右拐，闭着眼睛都能找到。我们当年上学时，家长从来没送过我们，哥哥姐姐第一天把我们带到学校之后，我们便自己走了，每天早晨站到楼下呼朋唤友地向学校走去。我因为和朱革子住在同一栋楼，我们在一起去上学的次数最多。现在是独生子女了，一下子就娇贵起来，有的开车送孩子，最差的也是自行车。

朱革子家里半年前买了一辆车，车是红色的，很扎眼，他咧着嘴把车开到自家楼下，凑过来许多看热闹的人，围着他那辆大红轿车品头论足。众人说得最多的一句话是，他不该买红色，红色适合女人，不适合他，况且他的身份还是名警察，一点也不阳刚。朱革子不说话，一味地笑，从车里拿出鸡毛掸子小心地掸着车。我看到他买那辆车的第一眼，就明白他是为王秋月买的。果然，他上班还是骑着自行车，驮着儿子上学，不久之后，王秋月才光鲜地从楼门里走出来，款款地打开车门，缓缓地把车开出去。

朱革子冲我解释过：秋月在电台上班，她是公众人物，我单位有车，每天上街执勤开自己车不好吧。朱革子几乎把王秋月视为了掌上明珠，自从结婚后，他就没让王秋月干过粗活，就是每天吃的菜都是朱革子下班后去菜市场买回来，低调地提在手上，一脸幸福地往家走。因为王秋月在电台上班的缘故，她在院里同龄女人中也是打扮得最光鲜的一个，孩子接送有朱革子完成，她只负责光鲜地上班，动听地在电台里说话，人就显得很年轻。朱革子有一次在聚会上喝多了酒，满脸通红地说：我现在很幸福，家里有一个女儿、一个儿子。那次我们才理解，敢情他一直把王秋月当成了掌上明珠了。

王秋月是幸福的。当初我们许多同学都认为王秋月嫁给朱革子亏了，不仅亏了，还亏大发了。有人甚至说出那句很难听的话：鲜花插到了牛粪上。朱革子用一系列事实证明，他们的爱情是幸福完美的。就连耿耿于怀的杨卫平都在酒后拍着朱革子的肩膀，竖起大拇指说：革子，你真行，我不如你。朱革子每每这时，也不多话，只咧开嘴笑。一切幸福在不言中。

谁也没料到，朱革子却发生了那次意外。他在执勤时，发现了一个公安部通缉的逃犯。朱革子自然要去追赶，结果在一条死胡同里，和无路可逃的逃犯发生了搏斗，逃犯用一块砖头砸在他的脑袋上。当支援的警察赶来时，朱革子早已晕死在了现场。

医生最初给朱革子的诊断是脑出血，朱革子晕死在医院，要做一次大手术，对任何家庭来说都是件大事，我和杨卫平等人赶到医院时，王秋月和朱革子母亲已经守候在手术室门外了。此时的王秋月已经哭成了泪人，朱革子母亲没哭，坐在靠墙的椅子上，她两眼一直盯着手术室的门，我们知道，朱革子母亲是医生出身，一定见过大世面。她见我们赶来，还欠了欠身子，我们忙把她安抚在椅子上，默然地立在她的身旁。她清了清嗓子，似乎在安慰我们，又似乎是在说给王秋月听：革子爸在朝鲜受伤时，是我给他做的手术，从脑子里拔出十三块弹片，剩下那块弹片扎得太深，我没能拔出来。我们肃穆地望着眼前这位刚强的老太太。王秋月就梨花带雨哽着声音说：朱革子万一有啥好歹，我们娘俩可怎么办。老太太用一只手捉住王秋月的手，冷静地说了句：还有我呢。婆婆的话让王秋月止住了声音。

朱革子开颅手术完成了，可一连三天朱革子仍没苏醒过来。医生又给出了自己的判断：朱革子因为伤势太重，十有八九要变成植物人。这条消息无疑是一颗炸弹。

我们再见到朱革子时，他身上插满了各种管子，头上缠着纱布，我们几乎认不出他来了。他母亲坐在病床一侧，一直握着儿子的手，王秋月带着他们的儿子站在一旁，眼睛早已红肿得不成样子，他们的儿子躲到母亲身后，想看又不敢看的样子。来之前，我们本想说些安慰的话，可看到眼前的场面，竟一句话也说不出来了。

在以后的日子里，我们经常隔三岔五地去看朱革子。每次走到朱革子病房门前时，都能听到王秋月在朗读报纸的声音，她的声音一如既往地动听，就像中央电视台的播音员在病房里播报新闻。我们走进病房时，王秋月才会抬起眼睛，停止读报纸，情绪低沉地招待我们。后来我们才知道，这是朱革子母亲的主意，朱革子以前在家里说过无数次，王秋月的声音好听，有时还会让王秋月给自己读上一段报纸听。每次听完朱革子都会揉着自己的耳朵说：我这一对耳朵有福了。他们私下里说的悄悄话，朱革子又是如何欲仙欲死，我们便不得而知了。朱革子为此还专门买了一部小半导体收音机，没事就揣在兜里，频率自然是交通台。他在家没听够媳妇说话，上了班还要听。

后来王秋月不仅给朱革子读报纸了，还读公安局的通报，那个逃犯如何被抓住的，还有分局对朱革子的事迹的表彰，他立功受奖的通报。有一次，我来到朱革子病房门外，正听到王秋月对朱革子的哭诉：革子，你醒醒吧，你醒不过来，我和大壮该怎么办呢。还有妈，她的年纪一年比一年大了，你不是说过把我当成女儿吗。革子，你醒不过来，我和大壮靠谁呀……大壮就是他们的儿子。王秋月说到这就哀哀地哭成泪人了。我立在病房门口，心里也跟着湿了一片。

记得是半年后吧，在这期间，我们这些同学去了无数次，后来考虑到王秋月的身体，我们轮流看护朱革子，让王秋月能够歇一歇。我突然接到杨卫平的电话，他在电话那端变音变调地说：朱革子醒了。我赶到医院时，朱革子果然醒了，医生已经把他身上的一些管子撤走了，他的两只手左右被他母亲和王秋月这两个女人死死地抓着，立在他面前的所有人都喜极而泣。他不解地望着母亲和王秋月，又望望我们，疑惑地：你们哭什么，我怎么了？后来朱革子说，自己做了一个挺长的梦，梦见自己一直在收听交通台王秋月主持的节目，他听着听着就醒了。

医生都说朱革子能够醒来是个奇迹，我们知道这是爱的力量。

两个月后，朱革子出院了，他在医院里待满八个月后，终于恢复了正常人的样子。他第一天回去上班时，我们同学，还有分局的一些领导和同事都站在楼下迎接他。他穿着警服从楼门里走出来，显然被眼前的景象惊呆了，他先是冲我们敬了个礼，然后腼腆地说：不不用，这这么弄，我我都不好意思了。

朱革子恢复了正常，但我们却发现他治好多年口吃的毛病又回来了。我们经常在院里见到送孩子或提着菜回来的朱革子，然后我们就会聊上几句，他结巴着说：快快去上班吧，不不然就迟迟到了……我们笑着，朱革子又是以前的朱革子了。

他们一家过得依然幸福，朱革子学会了遛弯，一手举着收音机，收音机里播放的是交通台广播，王秋月的声音行云流水地从收音机里传出来，依然是那么悦耳动听。

金师傅

一

说起老金，故事还得从头讲起，但也不长，三言两语的事。

老金是军区大院的职工，我们对他有印象时，他似乎是五十来岁的样子，经常穿一身油渍麻花的旧军装，戴着一副灰色套袖，从他身边路过，总会闻到一股汽油和柴油混合的气味。老金个子不高，属于比较瘦的那种身材，眼睛细长，饼子脸。对了，老金是少数民族，父亲在饭桌上说过，他是朝鲜族人，父亲在抗联时就和老金并肩战斗过，对老金很了解，每次说起老金，态度都很暧昧不清。老金在抗联时，算是地下党的通信员，有一次大雪封山，老金为父亲的抗联队伍送豆腐，那会儿地方上的同志也没筹集到粮食，只凑了一筐大豆腐，日本人不仅封山，对粮食控制得也很严。老金那会还是小金，和父亲同龄，十几岁的样子，因为他孩子的身份便于掩护，于是他就成了地下组织的交通员。那次他挎着装满大豆腐的筐翻山越岭为抗联队伍送吃的，正巧遇到日本人封山，漫山遍野都是日本人的哨兵，当年的小金子无路可去便爬到一棵树上隐藏了自己，等待进山的机会。日本人那次封山，三天后才撤走岗哨，三天后的小金子几乎从树上摔了下来，他僵硬的手脚早就不听指挥了，他是爬着找到抗联小分队的。分队长姓赵，看到小金子这样，抱着小金子哭出了声。也就是那次，小金子十根脚指头都被冻掉了。从冬天到夏天，几乎没下过地。又一个初冬时，父亲又一次见到了小金子。这次小金子为他们送来了一筐玉米饼子。少了十根脚趾的小金子，走路扭着身子，像个小脚女人，不敢迈大步，很扭捏的样子。

我们认识老金时，他走路也是一副扭捏的样子，从背后看，更像一个小脚老太。老金有三个孩子，老大叫盼军，老二叫念军，老三来军和我们是同学。盼军和念军是两个姐姐。我们都住在军区大院里，不同的是，他们一家住在我们家属区南侧一排平房里，那是一片职工宿舍，正确的称谓叫军工，军队的工人的意思。

金来军虽然和我们是同学，同在军区子弟的八一学校就读，但他平时很少和我们来往，低着头匆匆地走过，到了学校教室里也很少和我们搭话，下课时我们一群人在操场上或班级的角落里奔跑，他总是在一旁袖着手，腼腆地把目光望向我们，来军就显得非常不合群的样子。

有几次我们在放学路上把来军截住，质问他为什么不和我们一起玩，那时的来军低垂着头，脸还红了几次，一句话不说，用脚尖碾着地面，那时他的样子更像一个丫头。朱革子就结巴地上前说：金金来军，你你不会是个女的吧？我们就哄笑，金来军的头更低了，样子似乎要哭出来。我们给来军起了个外号叫“金达莱”。因为几天前我们看过一部抗美援朝的电影，有一首插曲就是和金达莱有关，我们知道，是赞美中朝友谊的。既然金来军是朝鲜族，我们就理所当然地把金达莱这个外号送给了他，觉得金达莱这个花名又时髦又洋气。过了许多年，我们才知道，金达莱是朝鲜人民对杜鹃花的叫法。杜鹃花对我们来说并不陌生，军区首长每户家门前的小院里，到处可见杜鹃花，每年的五六月份，杜鹃花在首长的小院里总是开得姹紫嫣红。

我们每次拿金来军取乐时，赵拥军总是过来解围，赵拥军比我们高一年级，长得也比我们高半个头，他用手臂把来军护在身后，大声地说：你们不能欺负来军，我爸说过，来军爸为抗联送过干粮。他是我们一伙的。赵拥军的父亲就是当年抗联支队的赵队长，此时是军区的参谋长，住在军区首长的小楼里，此时院子里的金达莱正在盛开。我们并没有欺负来军的意思，只是总觉得他和我们不一样，又不合群，便成了我们的心事，总想找机会一探究竟。既然赵拥军出面护着来军，我们就暂且放过他这一朵金达莱了。

在我们心里还有两朵金达莱，一朵是来军的大姐盼军，另一朵就是他二姐念军了。他大姐比我们高三届，我们上小学三年级时，他大姐就上初一了，但我们还在一个学校里。大姐盼军和来军一点也不一样，她的身子跟一个男孩子一样，壮实得很，留着短发，脸孔黑红，从背影上看几乎和男孩子别无二致。走起路来风风火火的，两条粗壮有力的腿，走在地上短促有力，不仅和她弟弟反差强烈，就是和她父亲老金也不一样。我们经常看到盼军从粮站出来，左腋下夹了一条装满粮食的口袋，右腋下也夹了一条口袋，噔噔噔地向家走去，后面随着扭捏快走的老金。我们不仅叫盼军为金达莱，还给她起了另一个外号：假小子。假小子盼军在我们面前总是一阵风似的刮过，独来独往，像一个传说。

二姐念军和盼军、来军都不一样，应该说念军长得是三个孩子中最漂亮的那一个，她不仅在他们家最漂亮，就是在他们全年级也是最漂亮的。她和赵拥军在一个班，我们经常能看见赵拥军斜着眼偷瞄念军，想看又不敢看的那一种。不仅赵拥军这么做，许多比我大一些的男孩子，经常用那种见不得人的眼神偷瞄念军。过了几年之后，我们有一天也发现了念军的美。念军总是和别的女孩子不一样，长腿细腰，凹凸有致的样子，头帘总是弯曲着，配一张白净的面孔，眼睛不大，却总有一层雾一样的东西。于是人就显得很婉约。她和盼军、来军一样，也总喜欢独来独往，要么就是和来军走在一起，依旧婉约的样子。

起初我们不明白他们三个人为什么不和我们来往，我们长大一些才明白，因为他们是军工子弟，住在平房里。就是玩，大都是和那些住在平房里的孩子一起。因为他们是军工子弟，自觉不自觉地和我们住在楼房里的人疏远着。有时我们把目光投向他们时，他们总是会做出目不斜视的样子，把目光投向远处，让我们摸不清头尾。有时，我们路过那片平房门前时，也会加入他们的游戏队伍中，他们的游戏便戛然而止了。他们自觉地站到一旁目光无措地望向我们，没有他们参加的游戏索然无味，我们也就散了，心里总是快快的。

老金的大名叫金英柱，他的名字是我们在军区礼堂的报刊栏里见到的。每年的年底，报刊栏里总会贴出一批优秀职工的名字，不仅有名字，还有他们胸戴红花的照片。金英柱就是我们认识的老金，每年都会被评上优秀职工，戴着大红花微笑地望着我们。这些先进职工的照片和名字总会在报刊栏里张贴上一阵子，后来就被各种通知或标语占据了。老金是电工，但他却不是一般的电工，他管着好几台发电机，电机房在军区办公大楼后面的几间房子里，有柴油的，也有汽油的。发电机门前还有士兵站岗，持着枪一丝不苟的样子。我们有几次试图去发电机房看个究竟，都被卫兵举起的枪拦下了。门口还立了块牌子：军事重地，闲人免进。那几个字和哨兵一样严肃地立在发电机房的门前。老金就在发电机房里面上班，远远看过去，他不是躺在地上维修机器，就是检查发电情况，在几台发电机面前走来走去，一脸严肃的样子，和照片上那个微笑的老金一点也不一样。

后来我们知道，发电机房对军区来说是很重要的一个部门，我们小的时候，因国家用电紧张，军区三天两头停电。每次停电老金就让发电机派上用场，发电机房里机器轰鸣，整栋办公楼就灯火通明。我们家属院没这个待遇，只能点蜡烛。记得小时候，蜡烛是我们每家常备的用品之一，军人服务社经常有人在买蜡烛。军区大楼有作战指挥所，还有电台、电话什么的，是离不开电的，没有电，整个军区的首脑部门就变成聋子瞎子，是没法指挥作战的。

知道这些道理后，老金的形象在我们心里就高大起来，甚至觉得老金比军区司令和参谋长还要厉害。我们在军区大院里经常能看到军区首长从办公楼里出来往家属院方向走，在家属院的东面还有一个小院，那里有几栋小楼，又围成了一个小院，小院门前依旧有士兵站岗，那里就住着军区的几个首长，他们的小院里有金达莱在盛开。首长们一走进小院就显得神秘起来，他们走在路上，身边总是会有秘书或警卫相伴。首长们要么温和要么严厉地从我们眼前走过。

赵拥军的父亲赵参谋长和老金很熟的样子，有时在路上会碰到老金，每次他都会停下脚步，亲切地叫一声：小金子。老金就一脸是笑，快速地扭捏着自己的脚步走过去，离老远就把双手伸出去，做握手状。赵参谋长和老金就会说上几句话，然后打着哈哈就走了，他的身旁还有一名警卫不离左右地相伴着。

每每这时，老金并没有马上离去，而是面对着赵参谋长的背影，把笑挂在脸上，这种笑和戴红花照片上的笑又不一样，他一直用微笑把赵参谋长送出好远，直到看不见，才收起笑，转过身，又扭捏着步子向前走去。

父亲也经常和老金打招呼，父亲招呼老金时总是显得很亲切，远远地叫一声：金子。老金也是又惊又喜的样子，咧开嘴，快速地倒腾着脚步走到父亲面前，伸出手叫一声：石部长，这是上班呀。父亲就说：金子，啥时有空去家里喝酒。老金就响亮地应了，但老金一次也没来过家里喝酒。父亲倒是经常喝酒，有朱部长、李部长等人，有两次赵参谋长也来过。他们喝酒并不讲究，把酒倒在二大碗里，下酒菜也不挑，有时有个炸花生米，或者半斤猪头肉，他们也会把酒喝得有声有色。喝着喝着他们就会说起老部队，父亲这些朋友都是抗联出身，一说起在抗联那会儿，总会说起大雪天，日本人封山什么的。他们说当年日本人封山没了吃食，吃树皮吃野果子的生活，每每这时，他们总会想起小金子，是小金子一次又一次绕开敌人的封锁线，蹚着及腰身的雪把吃食送到抗联营地。每次父亲他们说到这时，总是眼泪巴嚓的，然后他们一致认定，小金子亏了，要不是因为脚被冻伤，他就会转到部队工作，现在起码也是名师职干部。父亲他们说到小金子时，感情是真诚的，为老金的遗憾也真情实意。

二

抗日战争结束后，老金也算是地下组织的有功之臣，组织考虑到他的脚伤，参军或到地方工作是不现实了。为了给老金找条后路便把他送到苏联去学习，老金不认字，没什么文化，便被苏联的同志安排去学习发电。发电听起来简单，但要把发电机工作原理弄明白，也不是件简单的事。这是老金第一次接触机器，听到机器轰鸣，一盏又一盏灯亮起来时，老金双脚离地跳起来，高兴得跟个孩子似的。在苏联学习了一年发电机后，老金回到了国内。那会儿解放战争正打得如火如荼，老金又一次被派到了部队，还是原来那支老抗联队伍，此时，他们早就不叫抗联游击队了，而是改成了纵队，赵支队长已经是名团长了，父亲也成了一名连长。老金的工作在纵队，纵队有一台发电机，那会儿的发电机要一天二十四小时工作，保障纵队的电台和通信联络。老金的加入让发电机的工作效率得到了提升，没有因为发电机故障而耽误纵队的情报往来。老金随着部队一直到了海南岛，海南岛解放不久，又随部队去了朝鲜，朝鲜战争结束后，便成立了军区，老金也就名正言顺地成了一名军区的老军工。不论刮风下雨，阴晴雪雨，他都会穿着一身没有领章帽徽的军装，扭捏着脚步去发电机房上班。赶上部队演习或训练时，发电机被卡车拉着追随着指挥所，哪里需要就在哪里发电。

随着三个孩子陆续出生，老金便多了心事，他一直想生个男孩，完成他未尽的心愿。在抗联时期，他做地下联络工作，那会他最大的愿望就是参加游击队，因为冻伤失去了十根脚趾，他的愿望落空了。虽然从苏联回来后，他仍在部队工作，但看到那些战友们在前线杀敌立功，他的心也痒痒的，当年的赵支队长，如今的师长曾拍着他的肩头，安慰道：小金子，不论你在哪里，只要为革命工作，你都会发光发热的。他听了赵师长的话，脸上带着笑，眼睛也眯成了一条缝，但只有他自己才知道他并不心甘情愿地为部队做一名发电工，他的理想是要像别人一样，大脚走八方，去前线杀敌立功。

后来，我们从他三个孩子的名字，依稀能感受到老金对军人的渴望。老大是个女孩叫盼军，老二又是个女孩叫念军，她们盼着念着，来军终于出生了。在老金的观念里，只有男孩未来才能驰骋疆场。但来军似乎不怎么争气，从小就胆小。记得我们都上小学了，在老金的家门口，还经常有被褥晾出来，在那排职工宿舍门前，有几条拴在树上的铁丝，就是为了职工们洗衣晾晒方便，偶尔也有职工在天气好时把被褥挂出来晾晒。可老金的家门前，隔三岔五地就红旗招展，他们家晾晒最多的物件就是褥子，明眼人都能看到褥子上地图一样的印痕。后来听母亲说：来军经常尿床，找了好多中医来也不见效果。母亲说这话时，是一脸的同情之色。

那会我们都不爱搭理来军，都知道他是个尿床大王，他走在我们身边似乎都能闻到一股尿臊气。于是我们就不待见来军。来军也从来不和我们掺和到一块，就像他两个姐姐一样总是独来独往。有时在上学或放学的路上，老金家的三个孩子经常走在一起，盼军和念军走在前面，来军低着头看着自己的脚尖跟在两个姐姐身后。我们暗地里给来军起了一个外号：尿炕精。只要见到来军一个人时，我们就大呼小叫地喊：尿炕精。朱革子因为结巴，他每次喊，总是比我们慢几拍，我们都喊完了，他还没喊完。逗得我们经常哈哈大笑。每每这时，朱革子就一本正经地补充道：本本本来来就是么。于是我们就又笑。

三四年级时，我们就很少能看到老金家门前那件画满地图的褥子了。我们也经常能看到来军的母亲，那个同样长着细长眼睛的女人，在铁丝上的晾晒花花绿绿衣服，她见了我们总是会友好地笑一笑，并不说什么，转身进了门里。我们看着来军的母亲，就想起念军，三个孩子只有念军长得和她妈相像，好看的腰身，还有耐看的笑容。盼军和来军长得和他们父母谁也不像，一副听天由命的样子。

虽然来军不再尿床了，但他的性情却一直没改过来，总是一副胆小怕事的样子。上体育课有一个跳木马的项目，我们男生总是能轻松完成规定动作，唯有来军不行，跑到木马前犹犹豫豫，总是半途而废，体育老师便把他分到女生那一组，一遍遍地给他和女生开小灶。来军站到女生队伍里，脸都红到脖子根了，似乎要哭出来。

我们想，老金千盼万念地终于等来了来军这个男孩，但来军的表现一定让他们一家失望了。

果然，盼军高中毕业那一年，老金突然出现在我家。记得那一天的傍晚，我家的门突然被怯生生地敲响了，父亲几步走到门前打开门，只见老金一脸笑意地立在我家门口，他手里还拎着两瓶酒。门开了，他并没有进来的意思，两只脚不停地搓着，一副不知如何是好的样子。父亲一把把他扯到屋内，大声又热情地说：老金，你这是第一次登我门吧，你可终于来了。父亲拉出一副要热情招待老金的架势，父亲在外面碰到过无数次老金，每次父亲都会说：老金，啥时有空到家里来，咱哥俩好好喝几盅。我们都知道，父亲和老金在抗联时就相识，一个在游击队，一个做交通员，父亲的热情一点也不奇怪，只可惜，老金一次也没来过家里。倒是父亲和他当年那些抗联时的战友经常聚会，每次都喝得脸红脖子粗，也无数次说起当年的小金子，如今的老金。每次提起老金，他们就咂着嘴感叹：要是老金当年不冻伤脚……后面的话他们不说了，一律用摇头叹气代替了。

此时的老金，把手里提着的两瓶酒放到我家茶几上，脸上僵着笑，道：首长，我今天不是来喝酒的，是为我家老大盼军参军的事。

那会高中毕业有三种去处，下乡、工作或者参军。直接工作的可能性几乎没有，因为老金家的三个孩子不符合就业条件。老金和老金的妻子还没到退休年龄，也不存在接班工作的问题。只那就剩下两个选项了，要么下乡，要么参军。老金到街道上报名了，想让盼军参军，街道的答复是，今年招收女兵的名额有限，直接给否了。老金万般无奈下找到了父亲。父亲听完了老金的原委后，他背着手在空地上踱了两步，踱步是父亲的习惯，每次遇到事做决定时，他总是先踱步，然后再做决定。果然父亲立住脚，盯着老金说：老金，你第一次开口，就是再难，这事我也帮你办。老金的眼睛瞬间潮湿了，他伸出手捉过父亲的手，一边摇一边说：石部长，真是太感谢了。父亲就说：老金，别忘了咱们是抗联时的战友，我办不成就去找老赵。父亲嘴里的老赵就是如今的赵参谋长。老金告辞时，父亲想起了放到茶几上的两瓶酒，提起来去追老金，老金早就扭捏着脚步下到楼下了，父亲望着那两瓶酒，长吁短叹了好一阵子。

父亲并没有食言，打电话给街道，又给武装部，最后还是联系上了部队接兵的同志，反复做工作之后，接兵部队的人终于为盼军找了一个入伍名额。之所以盼军入伍这么周折，因为当年接兵的部队是海军潜艇部队，他们不招女兵，没有女兵名额，要不是父亲再三协调，盼军参军的事肯定泡汤了。

许多年过去了，盼军参军那天的情景我仍记得，那天下了一场小雪，营区里白茫茫一片。接新兵的卡车停在部队院门口，车下聚了许多送孩子参军的家长，也有一些看热闹的人。老金自然也在其中，他牵着盼军的手，似乎有话要说。此时的盼军身穿海军军装，人立马不一样了，十分英姿飒爽。男兵们陆续地登车了，盼军冲父亲说：爸，还有什么交代的吗？老金用力地看了眼盼军，咬咬牙说：我说的你记下了吗？盼军点下头说：到部队一定争取留下，做一个女军官。老金用力点点头。盼军挥下手道：爸，那我出发了。说完一个箭步奔到车下，学着男兵的样子，先是把背包甩到车厢里，然后扒着车厢一翻身登上了卡车。她的样子干净利索，比许多男兵的动作还敏捷。盼军是一车新兵中唯一的一名女兵，她站在车上冲车下的父亲挥着手，车开动那一刻，老金挥着手突然大声地喊：盼军，别忘了我说过的话。我们看见盼军抿着嘴唇冲父亲用力地点了点头。车启动了，越开越远。老金的手用力地挥舞着。

三

盼军参军不久，我们发现来军头顶上多了顶海军军帽。海军的军帽分两种，一种是夏天戴的大檐帽，佩有飘带的军服，据说全世界的海军军服都差不多，我们习惯了看陆军着装，觉得夏天海军的军装又复杂又夸张。冬天海军军服则变成了深灰色，军帽也是深灰色的。来军戴了顶深灰色军帽，我们怎么看怎么觉得有点别扭。我们那个年代，戴军帽成了一种时尚，只要头上扣一顶或真或假的绿色军帽，总能引来周围人羡慕的目光。我们军区大院里的孩子，头上的军帽大都是真的，我们有父母、哥哥、姐姐在部队上，军帽理所当然是真的。

盼军没参军前，记得来军头顶是光着的，他不仅没军帽，头发还有些杂乱，不成个样子。那顶军帽虽然戴在他头上有些大，但却一点也不影响来军的自豪感。虽然他还是不合群，溜着我们的人群走，但他的目光似乎变得正常了许多，不再低眉顺眼了，有时还把目光投向我们，我们把目光回敬过去时，看见来军还把胸脯往上挺了挺。弄得我们还有些不习惯。朱革子暗地里就结巴着说：都都是那顶军帽闹闹的。我们看着来军头上那顶个色的军帽，心里就多了种异样的东西。

有次，在放学路上，朱革子挥手把来军拦住了，上前结巴道：把把你帽子让让我看看。来军不动，木头似的立在那儿，朱革子上前不由分说地把来军的帽子摘下来，扣到自己头上，摇了摇头说：这咣咣当当的，啥啥玩意儿。很快朱革子就把来军的帽子还了回去，很不正经地把帽子扣在来军头上。来军这时涨红了脸，脖子似乎也粗了，他盯着朱革子，声音很大地说：我姐是海军。说完逃也似的跑了。望着来军的背影，我们发现这家伙腿上似乎也有了力气。

我们军区大院的子女，参军到海军和空军的很少，大都是陆军。原因有两个，我们的父母都在军区，属于陆军，自己的家事怎么招呼都有道理。有许多人在参军季过去之后仍能把自己的子女送到部队上，部队的首长都和我们的父母熟悉，有的还是老下级。我们把这些人称为“后门兵”。另外一个原因是，陆军在我们部队序列里编制最多。空军和海军偶尔也到我们这儿来招兵，每次只招短短的一截队伍，而陆军可不一样了，有时一招就招一个方队，黑压压的一群人。

盼军参加了海军的潜艇部队，潜艇我们自然知道是在海底穿行的船只，有时躲在海里十天半月的也不上岸，但我们想象不出盼军能在潜艇上干什么，是开艇还是做装炮手。我们想象着，盼军的身份在我们心里竟有了几分神秘。

我们发现变化最大的还要数老金，老金仍然是我们军区的军工，穿着身旧军装，戴着套袖，扭捏着脚步在院里走来走去，外表看似乎和以前没什么差别，但我们对老金很熟悉了，还是发现了他的变化。首先他的变化在精气神上，他似乎找到了快乐的密码，脸上多了笑容。其次就是他和首长们打招呼的声音。以前他在院里碰到在军区上班的首长，也打招呼，但声音是含蓄的，有种压着嗓子说话的感觉，现在不一样了，他的声音一下子变得嘹亮了，底气十足的样子，透着精神和高兴。有两次，他在院里看到了父亲，立住脚，挺着胸脯说：石部长好。父亲看到老金也立住脚，关心地问一句：盼军还好吧？老金把脸上的笑绽放开来，眯着眼睛道：多亏了部长你呀，盼军很好。父亲就点点头，想起了什么似的又说：金子，有空来我家，你上次放到我那儿的两瓶酒还没喝呢。老金就爽快地点头道：一定一定。我知道，老金说这话是顺嘴了，在这之前父亲也无数次做过邀请，老金也都答应了，可他一次也没有来过。

元旦那天晚上，外面响起爆竹声时，母亲把饺子煮好了，我们围在桌前正准备开饭，这时突然响起了敲门声，父亲怔了一下，还是过去把门打开了。门外却意外地站着老金，脸上挂着标志性的微笑，手里还提着用蒙布包着的东西。他冲父亲说：家里的包了辣白菜馅饺子，我送给部长一家尝尝。说完把蒙布连同盆递了过来，父亲醒怔过来，侧过身子一只手接过盆，另一只手把老金硬拉到屋内，冲母亲说：烫壶酒，金子来了，我们哥俩儿一定要喝一杯。老金就一边笑着一边挥手说：不了，改日，哪天我再来。老金被父亲不由分说地按到饭桌前。这时母亲已经把老金带来的饺子盛到了盘子里，满满的两大盘，还冒着热气，酒也很快被母亲烫好了。起初，老金喝得有些扭捏，像他走路的样子，三杯之后，老金的脸上泛起了红晕，喝酒的样子也自然起来。一遍遍地说：部长，盼军能够参军多亏了你了。父亲就挥着手说：孩子参军是为国家做贡献，要都不参军，国家谁来保卫。老金的笑容就灿烂起来，父亲那天话很多，也很稠，一杯又一杯地和老金碰杯，说得最多的还是抗联那会儿，父亲盯着桌子上摆着的饺子，眼泪巴嚓地说：金子，还记得那年大年三十么，你冒着风雪给我们游击队也送了一盘饺子，饺子都被冻硬了，赵支队长每人分了我们一个，那是我这辈子吃得最好吃的饺子。父亲说到这哭了，老金也唏嘘着道：那年真冷，送完饺子回到家都半夜了。走在半路上还下起了雪，差点迷路。

父亲夹起一只饺子，狠狠地塞到嘴里，一边嚼着一边说：香，真香。老金就不失时机地说：家里的放了猪肉，还有大油。老金带来的辣白菜馅饺子我尝了一个，味道很奇特，就是有点辣，吃了一个后，我便不再吃了。

父亲明显喝多了，又举起杯子，酒却洒了一半，落到衣服的前襟上，父亲就大着舌头说：金子，我代表当年的抗联老兵要感谢你，没有你，我们也许活不到今天。老金似乎也喝多了，含混着声音说：部长啊，我最大的遗憾就是没能参加正规军，现在好了，盼军终于参军了，我高兴。说完抖着手，酒稀稀拉拉地从杯子里落下来，也落到衣服的前襟上，一扬头把半杯酒也喝下去了。父亲真诚地从桌下攥住老金的手，然后把两只手放到自己膝盖上，哑着声音说：金子，你要是参军现在也该是名首长了。

老金听了父亲的话，眼圈红了，手在父亲的手里拱动了一下才说：部长，我现在挺好的，咋说，我也是名军工。

那天晚上父亲和老金都喝多了，老金走时，父亲让我去送老金，我搀着老金的胳膊，随老金扭捏地下楼，又向职工家属区走去。院里张灯结彩，有孩子在雪地上放鞭炮，鞭炮声音把天上的雪花纷纷炸裂下来。老金很兴奋的样子，嘴里不停地说着：三呀，以后你也要去参军，我和你爸都姓军，不能让咱们的血脉断了。我嘴里嗯嗯呀呀地应着。他又说：你盼军姐现在是军人了，军人真好……来到老金家门前时，我看见老金的老伴儿、念军还有来军，一家三口人站在门口巴望多时了。见到我们，老金的老伴儿惊呼一声奔过来，从我手里接过老金的手臂道：送个饺子咋还喝上了。老金立住脚，冲我挥下手道：三呀，替我谢谢你爸。我招呼一声，便转身往家走，听见身后老金还在说：石部长请我喝酒了，真好……

我走在路上，想着老金家的辣白菜馅饺子，不知为什么，又想起了金达莱，眼前被灯火照耀的雪地上，竟有一朵又一朵金达莱在盛开。老金家第一朵金达莱参军去了，还有一朵便是念军了。念军是美丽的，美得让人有些不可思议。虽然她还是躲着我们这些人，形只影单地走在上学放学的路上，但她的美已悄然绽放了。我们男孩子的目光总是有意无意地追随着念军的身影转来转去。今晚送她爸回家，我发现她落在我身上的目光是柔和的，甚至还有几分亲切和感激的成分，弄得我有点小激动，转过身时，念军的美丽便像金达莱一样在我眼前绽放了。

我记得念军快高中毕业那一年，我在院里的路上又碰到了不一样的老金。说他不一样是因为他的着装，突然发现他穿了条海军军裤，上身还是那件陆军旧军装。以前老金常年穿的是陆军军服，一身都是，看起来并不显眼，如今他穿了条深蓝色海军军裤，一下子就不一样了，很扎眼。他见我陌生地打量他，便冲我一边笑一边招着手说：三呀，这是你盼军姐给我寄来的，好看不？我把笑写在尴尬的脸上，不知如何作答，突然想起什么似的问：盼军姐还没探亲呢？老金就掰着指头说：你盼军姐来信了，今年八一节就回来探亲。一晃盼军参军快满两年了，不知这两年她又有了什么变化，还是那个生龙活虎像假小子一样的盼军吗？我不知道这两年的军旅生活给盼军带来怎样的变化。

从那以后，老金在院里碰到熟人打招呼时，总是有意无意地把话题引到盼军身上，他含蓄着声音说：我家的大丫头来信说已经入党了，上个月还受到了一次嘉奖。老金说这话时，脸上的笑却在肆意地绽放着。盼军成了老金生活中的念想和希望。我望着志得意满的老金，就想：也许一两年后，盼军还会给老金一家带来惊人的消息，那就是提干。盼军成为女军官之后又是什么样子呢？

我的想法没能成为现实，那年八一节还没到，父亲有一天下班，突然带来了一条惊人的消息——盼军牺牲了。

直到这时，我才知道，盼军参军后并没有在潜艇上工作，而是在潜艇基地的服务站工作。潜艇的官兵出海，短则十天半月，长则一两个月，两三个月，一直在深海里潜伏，官兵们执行任务，岸上就留下了他们的家属。服务站主要就是保障基地生活正常运转的一个机构，比如，为家属们换送煤气罐，把充满气的煤气罐送到军人家里，装好，再把空罐拿回服务站，再次充满气。还有其他的一些生活保障，比如谁家漏水了，下水道堵了，都要由服务站的官兵去处理。盼军确切地说是名后门兵，潜艇部队招兵时没想招收女兵，是父亲反复协调人家才为盼军开了绿灯。潜艇是男人的世界，盼军无论怎么像个男孩子，但毕竟她还是女的，于是就被安排到军人服务站工作。这份工作盼军无疑是努力的，参军一年半之后就入了党，还受到过两次嘉奖，如果她不出事，她能否转干不好说，但无疑会是名优秀的士兵。结果就在盼军准备探亲前十几天，她光荣地牺牲了。

据父亲说，盼军牺牲就是因为煤气罐，一只煤气罐漏气，碰到了明火，引燃了煤气罐，那是个库房，里面排满了充好气的煤气罐，如果处理不好，会引起连锁性爆炸，后果可想而知。盼军为了不引起可怕的后果，她把那只燃烧的煤气罐扛到了肩上，在她的观念里，海水能浇灭燃烧的煤气罐，于是她扛起那只燃烧的煤气罐向海边跑去。许久之后，我仍在想象着那是怎样的一种场面，盼军肩上是燃烧的大火球，她却全然不顾，疯了似的向海边跑去，她当时的样子一定是英勇无畏的。可惜的是，她还没跑到海边，那只煤气罐就在她肩上爆炸了……

盼军出事后，军区派了辆吉普车，拉着老金和他的老伴儿奔向了潜艇基地。他们出发是在晚上，许多人都围在了老金家门前，那辆吉普车停在老金家门口。赵参谋长，父亲，还有一些和老金熟悉的叔叔们都来了，老金和他老伴儿终于从门里走出来，老金又换上了那套陆军服装，浑身上下很协调的样子。他依旧扭捏着脚步，比平时多了沉重，他和老伴儿显然已经哭过了，眼睛红肿着。父亲上前几步，握住了老金的手，说了句：金子，你要挺住。老金先是把目光定在父亲的脸上，又移开依次在那些熟人的脸上扫过，似乎想笑一笑，那笑就僵在嘴角，他扶住车门时，说了句：谢谢了，首长们。他和他的老伴儿坐到吉普车的后排，父亲重重地把车门关上。吉普车便一溜烟地驶走了。

人们渐渐散去，我看见念军和来军贴在自家窗后的脸，我看到了两双不安惊惧的眼睛向外面望着。

四

老金和他老伴儿是几天后回来的，还是送他们的那辆吉普车。车开到他家门前时，许多人又一次去了，赵参谋长和父亲也在其中。先是老金从车上下来，他怀里多了一个骨灰盒，古铜色的骨灰盒质地饱满，人们都被他怀里的骨灰盒吸引了，那里面装着的是盼军，参军前还生龙活虎地在自己门前进进出出。老金的老伴儿，那个好看的中年女人，扶着车门，摸索半晌才从车上下来，老金没回头，立住脚，显然他在等老伴儿从车上下来。先是老伴儿哑着声音喊了一声：盼军，咱回家了。又听到老金哽着声音喊：回家了，盼军。两人一边喊着，一边向家门走去。快到门前时，不知老金坐车久了腿脚麻木，还是怀里的骨灰盒太沉太重了，他的身子摇晃一下，差点跌倒。念军这时从屋里冲了出来，先是扶住了父亲，又从父亲怀里接过盼军的骨灰盒，凄厉着声音：姐，姐呀。门开了，我们看见来军怕冷似的抱紧了身子，灰白着一张脸，恐惧地望着眼前的一切。

后来，老金家房门关上了，我们仍能听到从房间里挤出的哭声，是一团，分不清谁在哭。人们低着头，又一次散去，最后只剩下赵参谋长和父亲，赵参谋长背着手，眼睛早就潮湿了，父亲背过身抹了一把脸，又回头冲赵参谋长说：老金一家不容易，我们要帮他做点什么。赵参谋长用力点了点头，冲父亲摆了下手，两人向军区办公楼走去，两人一边走一边低声说着什么，背后是老金一家高一声低一声的哭声。

念军突然参军了。直到她戴着大红花，被通信团的车接走，我们才反应过来。八月份征兵工作还没开始，我们所熟悉的标语口号还没张贴得到处都是，营院里的树墙和柳树正茂盛地生长着，身穿绿军装的念军胸前戴着红花，悄然无声地坐进了通信团的小车里。那天我们看到，念军的样子很平静，上车前弯下苗条的身子，把一双修长的腿也收进车里。直到小车启动，我们才意识到，念军这是参军了。没有往常敲锣打鼓欢送的场面，一切都平常得很。但我意识到，平常只是表面，后面一定是不同寻常。

后来，在家里的饭桌上，才听父亲说：念军是被军区特批入伍的。这次她没再去海军，而是去了军区的通信团。通信团离军区并不远，和一个军用机场相邻。

盼军牺牲，成了烈士，老金一家无疑便是烈士家属了。我们看到街道的工作人员，把一个烈士家属的牌子钉在老金家的门楣上。牌子是红底黄字，写着“烈士之家”的字样。因为这块与众不同的牌子，老金的家一下子就显得不一样起来。

盼军牺牲后，军区报，还有《解放军报》都登载过盼军的光荣事迹，她被报纸称为“火海英雄”。报纸上写的什么我忘了，我只记得盼军登在报纸上的那张照片，照片被黑框标注了，她身穿军装，眼神刚毅地望向前方，嘴角还露出一丝不易察觉的微笑。盼军参军时我们见过，这张照片比她参军走时成熟了许多，有了点老兵的味道。眉宇间也有了少女的气息。盼军成为英雄，成为部队官兵学习的典型，有一天，军区首长赵参谋长把老金请到办公室，赵参谋长是代表军区首长和老金谈话，意思是，让他有什么想法尽管提出来，组织能办到的，就一定会办。不承想，老金其他什么照顾条件都没提，只希望组织把念军安排到部队参军，让她去接姐姐的班。这些细节自然是听父亲在饭桌上说起的，父亲一边和母亲叨叨着这些事，一边摇着头道：这个金子，唉。父亲不知为什么为老金叹气。

从那以后，我们依然能在院里经常看到老金，他还和以前一样，电工的工具袋坠在他腰上，扭捏着脚步顺着电线这看看，那查查，表情是平静的。所不同的是，他那条深蓝色海军裤不见了，又换成了一身绿色军服，从上到下，老金又恢复到了以前的模样。在我们眼里，老金这身打扮顺眼多了，海军和陆军服装搭配在一起的确很扎眼。

几个月后，我们在军区营院里看到了念军，她身穿军服，佩戴着领章帽徽，瘦瘦高高地走在营区的路上，人一下子比以前显得更好看了。在我们的印象里，我们班所有同学的姐姐都不如念军长得好看，以前只要我们见到念军的身影，总忍不住偷眼去看她。她离我们近一些时，我们的心还乱跳着，想看又不敢看的样子。可惜她从来不和我们打成一片，一阵风似的走过来，又一阵风似的去了，空气中留下一股好闻的气味。此时，穿上军装的念军比以前又上了一个台阶，几个月没见，似乎她又多了种女人味，这种风味只能意会不可言传。念军的出现弄得我们的心痒痒的。

那次念军回来，是回家过周末的，住了一晚上又一阵风似的走了。我们期盼着能够再次见到念军，我们不知道下次会是什么时候。有一天放学，我们把来军拦住，他见我们把他拦住，眼里瞬间闪过惊惧的神色，想躲开。朱革子拉住他的书包结巴着说：来来军，我我们不咋咋地你，就就问你姐姐念军啥时候还还回来？来军听了这话，神情放松了许多，用脚掌碾着路上的一块小石子，怯怯地说：上次念军回家，是我妈生病了，专门请假回来的。我们这才知道，前几天老金的老伴儿生病了。虽然我们不知道念军会何时回来，自此，我们多了份盼头和念想。那一年我们已经读初中二年级了。

有天傍晚，朱革子在我家楼下气喘吁吁地喊我，我忙三火四地从楼上下来，朱革子神秘地把我拉到没人处，急不可耐地说：我我和念念军通上话了。我不解又吃惊地望着朱革子因兴奋而扭曲变形的脸。我从朱革子结结巴巴地叙述中知道念军在通信团做了名话务员，而且还在一号台工作。所谓的一号台就是负责首长电话接转的中转台。那会我们家里都装有两部电话，一部是拨号的，还有一部是红色话机不需拨号，只要拿起来就会有人和你说话。后来我们知道那是总机员。这部红色电话不是每家都有，只有师职军官以上的家里才会安装这种红色电话。

朱革子就是无意中通过红色电话听到念军声音的，通过朱革子我还知道现在的念军是有代号的，她的代号是洞二幺。就是021。朱革子那天还神秘地和我说：念念军现现在说话声音老老好听了，像电电台里的播音员。我想象着念军的样子心就又快速地跳起来。也是从那以后，我开始留意起家里那部红色电话机了，趁家里没人，我偷偷地把电话机拿起来，把听筒贴到耳朵上。很快便有一个标准的女声出现了：首长好，捌洞三为您服务，请问你要哪里？显然不是念军，她的代号是洞二幺，我忙把电话放下，心里杂乱地跳着，就想，要是念军接电话自己说点什么呢？我突然想起了来军，就说自己是来军的同学，问候她一下。这么想了觉得理由还算充分，要是再加上句，问她何时回家就完美了。从那天开始，只要家里没人我都会跑到红色电话机旁，一次次拿起电话，有一次真的是念军接的电话，她用悦耳又标准的声音说：首长好，请问您要哪里，洞二幺为您服务。电话里念军的声音太好听了，正像朱革子所说的一样，都赶上电台里的播音员了。之前想好的和念军搭讪的话一句也没说出来，像只刺猬似的把电话听筒扔到一旁，心跳如鼓。平静一会儿之后，忍不住又把电话拿了起来，还是念军的声音，还是礼貌的用语，几次之后，念军就改变了语气，她在电话里说：你好，小孩不要玩电话。说完就下线了。在那一瞬间，我仿佛被念军一眼看穿了，忙把电话听筒放回到原处，脸上火辣辣的。回味着念军动听又美好的声音，不免一次次地心旌神摇。再看电话机时，仿佛念军就在我的眼前，正用一双嗔怪的目光望向我，手都又一次伸到电话听筒上了，又慢慢地收回来。

第二天，我和朱革子偷偷地交流打电话的情况，他也和我遇到了同样的遭遇，他红着脸说：我听听我妈说，咱咱们家的电话都是登登记过的，我们一打电话，她她们就知道谁谁家打打的。这种事我还是第一次听朱革子说，我的脸一下子也红了，仿佛被念军看穿了心思，不仅脸红，还火辣辣的。从那以后，我们再不敢随便打电话了，在心里默默地希望念军再一次回家。

也许是因为念军，来军在我们眼里突然一下子变得生动起来，以前，来军在我们眼里总是那么不起眼，更像一只老鼠，偷偷地在我们眼前走过。虽然他现在不在床上画地图了，但前几年招展在家门口的花花绿绿的床单和褥子，始终不能在我们记忆中抹去。虽然尿炕精这个外号不再叫了，但我们依旧存储在记忆里。也许是因为念军，我们在心里原谅了来军，不论怎么说他都是念军的弟弟。我们怀着这种心情再去看来军时，竟然发现他长的是两个姐姐的混合体，又像盼军又像念军，望着来军那张脸，我们总会想起他的两个姐姐。也不知何时，来军的学习成绩突飞猛进，以前他和我们的学习成绩差不多，也就是不显山不露水的中游水平。现在一转眼的工夫，他几乎成了全班第一名。班主任经常站在讲台上表扬来军，一边表扬一边一脸不屑地看着我们说：人无远虑，必有近忧。最后班主任的目光在朱革子脸上打住，狠狠地挖了一下又移开。朱革子脸不红不白地冲班主任厚颜无耻地笑。朱革子的学习成绩的确不怎么样，不仅让老师操碎了心，小时候还经常逃学，没少遭他父亲暴打。每次被打他都大哭不止，哭声嘹亮而又高亢，一点也不结巴。

班主任老师在一次我们测评考试之后，一脸兴奋地在讲台上宣布：这次测考打满分的同学只有一个。说完这话时，目光从学习比较好的几个同学脸上扫过，我们一些学习不咋地的人，他懒得理睬我们。班主任挥了下手里的考试卷子，又说：打满分的同学就是金来军。我们在望着来军时，发现他的样子很平静，目光望着老师，似乎老师的表扬和他一点关系也没有。从那以后，班主任老师说得最多的话就是：金来军同学努力下去，北大清华皆有希望。老师大张旗鼓地表扬来军时，我们感到汗颜。

我们再望独来独往的来军时，便生出了几分羡慕和妒忌。又一次开学后，我们光荣又无奈地升入了高一。

五

一晃念军就成了老兵。

成为老兵之后的念军遇到节日，部队放假，我们总能在院子里看到念军的身影。再次见到念军时，她似乎和以前不一样了，先是发现她的刘海似乎被烫过了，卷曲着在她的眼睛上方，走起路来，刘海也跟着一颤一颤的，很有风情的样子。还有她的军裤，不再肥大，而是很贴身地穿在她的身上，看上去凹凸有致，显得她的面条腿修长无比。还有就是，她多了双半高跟鞋，鞋是绒面的那种，黑色的，远远看过去，像军官的皮鞋。当然，念军还不是军官，只能穿绒面布鞋。念军这身打扮走在军区大院里，风姿绰约，引得人们不停地对她侧目，我想在任何人眼里，念军都称得上全院里最漂亮的女兵。军区大院不缺少女兵和女军官，她们和念军比起来，只能算是女人，漂亮和她们一点关系也没有。

那次，朱革子和我走在一起，他看见念军从我们眼前走过，狠狠地咽了咽口水，又结巴说：他他妈的，念念军可是越来越越漂亮了。我看着朱革子，他的目光被念军的背影牵得又长又虚。我伸出手在他眼前晃了一下，朱革子才醒怔过来，冲我难看地笑笑，又费劲地咽口唾液，我看见他隆起的喉头上下滑动了几次。

老金一如往常地在院子里转悠，腰上扎着皮带，皮带后面吊着电工工具包，沉甸甸地坠在屁股上，扭捏着脚步很勤奋地转来转去，他的身后有时跟着俩徒弟，有时不跟。那俩徒弟我们也见过多次，大张三十出头，还有个小李也二十大几的样子了。他们一律人高马大，跟在老金后面就像两个保镖。大张和小李是前几年招的工，据说两个人都参过军，在部队上还立过功，复员后能到军区当职工，也算是天大的福分了。我们经常能看见大张和小李两个人，训练有素，又遵纪守法地走在营区的院子里，一丝不苟地检查线路。

不知何时老金的脸上镀了层喜色，嘴角上扬，眉毛弯着，一张饱经沧桑的脸似乎也变得新鲜起来。他总是笑眯眯地打量着院内的人和景物，人就整日里喜滋滋的。

五一节那天，我们学校放假，我在院子里又看到了回家的念军。部队刚换成夏装，念军的白衬衣雪白地从军装里露出一圈，白色映得她的脸红红的，她的目光像风像雪似的穿透刘海迷离地望向远方。我一见到念军心就止不住地乱跳一气。我伸手压住心脏的位置，在心里就想，老金一家这是苦尽甘来了。盼军牺牲了，似乎是老金一家幸福开始的前奏，接着是念军参军，来军在学习上也奋起直追，现在已经一跃成为全班第一了。老金一家有理由高兴。

五一节那天，吃晚饭时，母亲没摆父亲的筷子，母亲说：父亲被老金请到家里吃饭去了。我有些吃惊，父亲当年和老金是战友，年龄也相仿，除了老金为盼军的事来过我家之外，老金从不来家里做客。在院里，父亲和老金相见也相互打招呼，一个叫首长，一个叫金子。也许是因为工作或者地位，让两人有了距离，似乎总是热乎不起来，老金永远和父亲保持着距离，父亲向前一步，他就退后一步。我琢磨过老金和父亲这种关系，觉得他们无论如何成不了朋友。就像我们和来军一样，来军学习成绩一下子成为全班第一，我们明里暗里都对他有了些许的嫉妒。特别是我们班那些女生，在老师提问我们问题时，我们依次败下阵来，往往来军会像最后出场的那名大将军一样。只要他站起来，所有女生的目光都会投向来军，来军处事不惊胸有成竹，遇到再难的题都会迎刃而解，引来女生一片又一片的惊叹。私下里，我和朱革子等人试图和来军拉近关系，可这家伙，总是比兔子跑得还快，在我们眼前一闪而过。不论我们怎么叫他，他连头都不回一下，跑得急了，还把书包抱在胸前，弓下身子，低着头，他的样子真的就像一只受到了惊吓的兔子了。因为他学习成绩蒸蒸日上，我们甚至都忘记了，他小时候在床单上画地图的形象了。几次三番，我们伸出了橄榄枝，来军却并没有和我们和平共处的意思，仍和以前一样，独来独往，一见到我们就把头勾下去，把书包抱紧，做出随时奔跑的架势。

朱革子就摆摆手，总结似的道：来来军和和我我们不是一个道道上的人，他他是军工子弟。咱咱们犯不着。来军学习也是刻苦，我们在院里玩闹时，总是见不到来军的身影，有时我们路过来军家门前时，透过窗子总能看见来军坐在桌前学习的身影。

那天晚上，天都黑透了，父亲还没回来，母亲就催我去接父亲。父亲这两年不知怎么了，喝点酒话就多，再喝一点就醉了，隔三岔五地会去外面做客，有时去赵参谋长家，有时去李部长家，他们几个要好的朋友轮流请客，他们都是抗联时的战友，走动就多一些。每次喝上三五杯之后，说的都是和抗联有关的话，什么大雪封山，鬼子扫荡，他们如何藏在雪地里躲过敌人的搜捕，还有就是如何吃树皮，吃山果，他们有一套经验，什么样的树皮好吃，什么样的山果有毒……然后就醉了，醉倒一片，然后就打电话让各家的孩子来接各自的父亲。他们踉跄着走出门，大着声音含混不清地说着再见，摇摇晃晃地向各自家里走去。

我来到老金家门前时，父亲已经出来了，是来军挽着父亲想往我家送。他正大着声音和老金站在门口说着什么。不远处一棵树下，赵参谋长的警卫员正搀着赵参谋长，参谋长扶着一棵树，弓着身子冲树呕着。我忙过去从来军手里接过父亲，来军一句话也没说，向家门跑去，我看见念军正站在门口一侧的暗影里朝我们这里望着。我想尽快把父亲搀走，父亲拉过老金的手在热烈地说话，父亲大着舌头一遍遍地说：金子，命运对你不公平呀，你受伤没能到部队上来，盼军牺牲了，念军这事包在我和老赵身上了，你们家不能没有一个军人，否则不公平哇。父亲也去呕，我借机把父亲搀走，走了几十米，父亲嘴里还在说：金子，念军提干的事找我来办。我回头再看时，老金仍立在家门前，他倚在一棵树上冲父亲挥着手，一边挥手还一边冲父亲喊：谢谢参谋长、部长能来……念军不知何时已经不在了。

回到家的父亲，坐在沙发上，喝了两口水之后还在说：命运对金子一家不公平，念军应该提干。

直到这时，我才明白，老金请赵参谋长和父亲去家里吃饭，一定是为念军提干的事。二哥和念军是一批参的军，二哥去了北部边陲，二哥每次来信父亲连看都不看，只有母亲一个人看，看完会简单地和父亲交流一下，父亲总是不耐烦地挥着手说：吃点苦怕什么，当兵哪有不苦的，和我们当年抗联比，他这点苦还算苦了？母亲这时就不说话了，草率地把二哥诉苦的来信收起来。父亲更不会给二哥回信，一般给二哥回信的差事都落到了我的身上。每次我给二哥回信都告诉他，父亲不会帮他，想出人头地只能靠他自己，还狠狠地和二哥说，让他忘记父亲，忘记这个家吧。起初二哥还充满热情地给家里写信，诉说部队如何艰苦，希望自己能够调到一个较好的单位。一段时间之后，不知是我添油加醋起了作用，还是二哥醒悟了，总之，他给家里来信的次数越来越少了，有时一年也来不了两封。

父亲对老金家的念军提干的事如此热情，却对二哥如此冷淡，起初我有点想不通，偷偷地和母亲抱怨过，母亲就叹口气说：你爸就那样，他管过你们谁呀，要出息就靠自己吧。那一次，我在母亲眼里读懂了失望。

五一节之后不久，有天晚上，老金又一次敲开了我家的门，这次手里不仅有两瓶酒，还多了两条烟。他有些尴尬地站在我家客厅里，父亲拉他坐，他也不坐，把烟和酒放到沙发旁的空地上，嗫嚅着说：部长，麻烦你，看能不能把这烟和酒捎给通信团的团长和政委。

父亲就把脸拉了下来，看了眼烟和酒，又看了眼老金，声音愠怒地道：金子，你是不是不相信我老石呀，念军的事我记着呢，已经和通信团的领导打过招呼了。那天晚上，老金告辞时，父亲把烟和酒又塞到了老金的怀里，老金执意把东西留下，两人像打架似的从客厅撕扯到门口，又到楼下，半晌，父亲从楼下回来，空着手，才一脸轻松地说了句：这个老金呀。

我知道，过不久，念军应该就提干了。再次在院里见到念军时，我就想象着念军穿上军官的服装，还会穿上只有军官才有的皮鞋，走在路上的样子，那时的念军一定比现在还要漂亮。心里就多了种说不清的滋味。我给二哥写信，把念军即将提干的消息告诉了他，不知二哥没当回事，还是没收到我的信，总之，他没回信。

不久，念军要提干的消息，在院里传开了，所有熟悉老金的人，见了他都会说上一句：恭喜了老金。老金就把眼睛眯成了一条缝，满脸是笑地迎接着人们的祝福。有几次，我路过老金身边时，还听他哼起了一支不知名的歌，多年之后，我才知道，他哼唱的是那首著名的《阿里郎》。每次，一想起这种熟悉又亲切的旋律，我的眼前就会出现漫山遍野的金达莱，它们正红艳艳地开着。

老金家原本有两朵盛开的金达莱，一朵属于盼军，可惜她夭折了。现在剩下唯一的一朵是属于念军的，正红彤彤地开着。念军越来越漂亮了，可以用风姿绰约来形容了。我们羡慕着念军，同时也为她祝福着，她是继承姐姐的遗志走向部队的。

如果念军不节外生枝，她的命运会依据所有人的祝福，成为一名年轻漂亮的女军官，前途将一片美好。

六

老金一家没能期盼来念军带来的美好。突然有一天下午，我们刚放学回来——我们已上到高二上学期了，记得是刚开学不久的下午，天不冷不热。我们散落地走在家属院的甬路上，朱革子突然拉了下我的衣袖，结巴道：你你看。我抬头望去，念军正向院里走来，她背着行李，手提旅行箱，虽然仍穿着军装，却没了领章帽徽。就像她刚参军走时一样，所不同的是，她参军走时，是通信团的一辆小车把她接走的，此时，她形只影单地自己走了回来。

朱革子望了我一眼，不解地道：念念军，复复员了？

我的目光仍被念军吸引着，她走得若无其事，脚步轻盈，甚至可以形容为潇洒，半高跟鞋敲击在路面上发出一串清脆的响声，不得不说无论何时念军都是那么美丽。一直到她的身影消失不见，我才清醒过来，脑子里画出一个大大的问号，念军真的复员了？

当天晚上，我就得到了一条关于念军的惊人消息。这条消息是从父亲嘴里说出来的。在饭桌上，母亲忧愁地盯着桌面说了句：我下班时，看见金师傅蹲在一棵树下哭呢。母亲一直称老金为金师傅。父亲刚拿起筷子，听母亲这么说，啪的一声把筷子又放到了桌子上，叹了口气道：这个念军真是不争气呀。于是父亲就宣布了那条让我惊掉下巴的消息：念军因在部队谈恋爱，被通信团处理提前复员了。因为恋爱被处理复员我还是第一次听说，直到我参军后，才清楚，士兵条例明文规定，士兵在服役期间，禁止在驻军当地恋爱。

没多久，念军被处理复员的细节便浮出了水面。念军的恋爱对象是名北京籍的兵，那个士兵姓章，文章的章，还是名班长。在被发现前，章班长入党已经一年多了，正准备被部队保送去军校学习，结果，章班长和念军不知何时勾搭上了。发现两人恋情那天晚上，通信团搞了一次紧急集合，意外地发现队列里少了两个人。这是一次意外，队伍被宣布解散，分头去找两人，结果在营院外的一棵树下，连长发现了两个人，当连长的手电光束射向两人时，他们的身体才在惊悸中分开。

两个士兵在服役期间违反士兵条例而偷尝禁果，这件事就闹大了。连长报告营里，营里又报告团里，没两天，他们的处理结果就出来了。两人同时被宣布提前复员，也许是因为念军是烈士的妹妹，是特招入伍的，除了提前复员，并没有受到其他处分。那个章班长就不一样了，不仅被提前复员，档案里还留下了一个记大过的处分，原因就是违反纪律条例。

出了这么大的事，她一直瞒着家人，直到迫不得已从通讯团回来。我们知道老金家出大事了，都想从来军脸上看出端详，来军一如既往，低着头上学，又低着头放学，就像一只没有欲望的老鼠从我们眼前悄然走过。没从来军身上看出内容，我们在放学后就故意在老金家门前走来走去。老金家的房门和窗子关得严严实实的，似乎没人一样。我们不免有些失望，真希望这时能够看到念军从屋里走出来，哪怕她哭一场，让我们听听声音也好。结果，我们什么都没有发现。意外地，我们却看到了老金，几日不见，他似乎瘦了一些，人也显得苍老起来，电工工具袋吊在他的屁股上，压得他的身子有些歪斜，他的目光却是直的，直直地望着远方什么地方，显得木木的。

念军回来前可不是这样，老金的身板笔直，目光活泛，脸上还绽放着花似的笑容，一看到老金的脸我就想到金达莱。不仅如此，他还把一首《阿里郎》哼唱得有声有色。然，此时的老金就像换了一个人似的，日子还是那个日子，老金却不是那个老金了。

那些日子，父亲也是唉声叹气的，一张脸变成了苦瓜，难看得很。有天晚上，父亲吃完饭就出去了，很晚也没回来，母亲一边看墙上的时钟，一边把目光投向我，嘴里说：老三，看看你爸去哪儿了，咋这时还不回来。父亲每次喝酒回来晚了，母亲总是用这种口气让我去接父亲。父亲出门喝酒目的很明确，我总能在父亲的朋友家准确地把他找到。有时父亲喝多了，需要我扶，有时他没喝多，背着手大步地在前面走，兴致所致有时还会哼唱《抗联军歌》：铁岭绝岩，林木丛生，暴雨狂风，荒原水畔战马鸣……这时，我就想父亲一定喝美了，他们喝酒的主题一定和抗联有关。这天，我虽然有些不情愿，还是出来了，在家属院漫无目的地寻找父亲的身影。因为天已经晚了，在外面散步的人已经不多了，很容易便找到了父亲，发现父亲时，他背对着我，坐在花园的一个排椅上。他不是一个人，身边还坐着老金，从侧影我就认出了他，他的身子仍然歪斜着，不堪重负的样子。先是听见父亲不知说了句什么，就听老金长叹一声说：盼军牺牲了，我还指望着念军能在部队立住脚，可谁想她这么没出息。父亲的一只手拍在了老金歪斜的肩膀上。老金的身子似乎抖了一下，带着哭腔说：部长呀，这辈子最大的遗憾就是没留在队伍上，本指望孩子们圆了我这个心愿，可谁承想……老金就哀哀地哭泣起来。我立住脚，不知是进是退地戳在那儿，我第一次发现，老金把部队看得这么重。我们院里每年都有许多士兵入伍，又有许多人复员回来，在我的印象里，铁打的营盘流水的兵，进进出出很正常，别人也觉得正常，孩子走了，欢送，孩子回来，迎接。日子还是那个日子，水波不兴，能留在部队的永远是少数，可到了老金这里，天就塌了。在我的记忆里，盼军牺牲时，也没见老金这么伤心难过。

父亲这次说话我听清了，他沉着声音说：金子，不论你是不是在队伍上，你都姓军，咱们是一辈子的战友，我认你，老赵和老李也都认你。

老金就说：部长啊，我这心不甘哪，哪怕我穿上一天军装我这心也就踏实了，我没这个机会，原本指望孩子们能有一个留在队伍上，可是……老金说不下去了，懊恼地拍着自己的大腿。

父亲又说：不是还有来军吗？他是个男孩子，更适合部队。

老金叹了口气：来军就是个书呆子，他两个姐姐不行，我还能指望他？老金一边说一边摇着头，最后还把双手拢到头上，痛不欲生的样子。

那天，我没打搅父亲，心情沉重地回到了家里，老金的声音和他的痛苦不知为什么让我心里也沉甸甸的。躺在床上好久也没能睡着，想的都是老金的梦想，他十几岁就成了抗联的交通员，一直梦想有朝一日能够入伍参军，抗战胜利了，他却因为冻伤的双脚失去了转入部队的机会，然后又梦想着孩子们能满足他的愿望……那天，我听见父亲回来，走进父母的卧室，小声地和母亲说了几句什么。我那天晚上一直没有睡好。

又是个不久之后，我们早晨上学的路上，还没走出家属院，看见念军也从家门走出来，这是她复员回来后，我第一次见到她。她身穿便服，手里还提着复员回来的旅行箱，天气有点凉了，她脖子上围了一条薄围巾，是红色的，映得她的脸也朝气蓬勃的样子。她和我想的一点也不一样，原本以为她被处理复员会精神沮丧，没料到，她竟和没事人似的。她神态自若，甚至有些兴高采烈地在我眼前走过，她还是那么漂亮，目光中还充满了自信。在院门外，我见她向公共汽车站走去，正好驶来一辆车，她轻盈地跳上车，车门在她身后关上，车便欢快地向前方驶去。我不知道念军这是要去哪里，起初我以为她就是一次外出。

又过了不久，我才听说，念军去了北京，我知道，她一定是找章班长去了。那年的春节吧，我听母亲说，念军在北京结婚了。自然是那个章班长。他们的爱情终于修成正果。我莫名地有些失落，但在心底里还是为念军祝福着。念军这一走，便一直没有回来。我参军几年之后，有一次回来休假，才听说有关念军的消息，人们说，念军和她的丈夫干起了旅游，专门承接北京名胜古迹的旅游线路，出发地点就在前门的某一处。得知念军的结果，关于念军的故事似乎仍然不能画上句号。

我参军不久之后，老金就退休了，退休的老金仍然住在职工的平房里。偶尔我会在路上看见老金，屁股上少了工具袋，他就把手背在身后，步子仍然扭捏，但在他的目光里似乎看到了一股劲儿，于是他就劲劲地走着，目光坚定，似乎又听到了他哼唱的《阿里郎》的曲调。

有一次，我出差路过北京，专门到前门转了一圈，就是希望能看到念军。许多人去过北京，见到过念军，他们说得真切。果然，我看到了念军，她手里拿着一个票夹，在招呼游客上车，北京的名胜古迹蹦豆似的连在一起，听起来像绕口令。念军已经有一副北京口音了。因为是冬天，她穿了件军大衣，没系扣子，几年没见，她似乎没什么变化。路旁停了辆中巴客车，一个男子坐在司机的位置上，冲车下的人也呼叫着：八达岭，十三陵，密云水库一日游嘞……我想，这人一定就是传说中的章班长吧，他仍留着寸头，圆圆的脸上挂着笑。

那天，我一直看着他们把车开走，那辆中巴车融入车水马龙的路上，过个红绿灯转弯不见了。

又是几年后，我又听说念军和丈夫开了一家旅行社。没多久，念军和丈夫回了一次老家，要接父母去北京常住，人们都说，念军在北京买了大房子，接父母去享福。可不知为什么，老金和他的老伴儿只在北京住了不到一个月，便又回到了他们的平房里。

这一切都是后话了。

七

念军决然地离开了家，离开了生养她的城市，头也不回地追寻她的爱情去了。

来军就成了老金唯一的念想，我们高中即将毕业，离高考还有一个月，我们拿到了高考志愿表。班主任专门拿出一节课的时间，为我们讲解这张高考志愿表，让我们认清自己，恰如其分地填报自己的志愿。最后班主任把目光落到了来军的脸上，举着那张表格说：来军你一定要填报清华大学。班主任这么说完，我们看见来军脸都涨红了，目光满是骄傲。

那天放学后，我们看到来军把那张高考志愿表卷成一个纸筒，死死地握在手里，迫不及待地向家里走去。不仅班主任对来军能考取清华大学充满希望，我们作为来军的同学，也相信我们这届毕业生，只要有一人能考上清华大学，那也一定是来军。上了高中后，来军似乎就被人施了魔法，他的成绩一骑绝尘，把我们远远地甩在了身后。因为他的学习成绩，我们甚至在心里原谅了他上小学还在床单上画地图的事实，也原谅了他像个女孩子一样懦弱。上学放学时，只要在路上碰到来军，我们都主动上前和他搭讪，可来军依然故我，低着头行色匆匆，对我们释放的友好信号不闻不问。每次来军这样，朱革子就很生气，结巴着说：牛牛什么呀，不就是学学习好么。我望着来军远去的背影，又想到了他的两个姐姐上学时，也是这么独来独往，并不是因为他们的学习好坏，而是他们知道自己是军工子女，因此，才和我们产生了深深的裂痕。正如老金和我们的父亲一样，老金就是军区大院里的一名军工，坠在他屁股后面的工具袋总是把他的身子压得歪斜起来，我们认识老金那天，他就是这样，一直到退休他仍然是名军工。而我们父亲的职务总是隔三岔五地在晋升，比如我的父亲，在这座城市解放时，才是名副团职军官，现在已经是名军级部长了，还有朱革子的父亲，还有赵参谋长，现在已经是军区副司令了。不论老金资历有多么老，仍然改变不了他是名军工的事实。

班主任下发高考志愿表格的第二天傍晚，我看见我们班主任走进了老金家，班主任这时家访，让我感到吃惊，还有不到一个月时间我们就要高考了，这时班主任突然出现在来军家，一定别有深意。过了好久，我看见班主任从来军家门里出来，低垂着头，老金在后面相送。班主任站在门口，仍和老金说着什么，看样子班主任仍然有些激动，连说带比画，鼻子上的眼镜滑落到了鼻尖处也全然不顾。老金的话不多，只做了一个手势，斩钉截铁的样子。班主任望着老金又小声地说了句什么，样子似在哀求，老金把身子别过去，似乎不想听班主任再说什么了。班主任只能心不甘情不愿地走去，还不时地回头张望一眼，老金扭捏着脚步回到了门里，还重重地把门关上了。

吃完晚饭之后，我拿本历史书从家里出来，准备在路灯下再背一会历史题，路过老金家门前时，发现来军坐在家门口的马路牙子上，托着腮似乎在想着什么。我走过去，距离来军几步远的地方立住脚，来军发现了我，目光在我脸上停留了几秒钟就躲开了，我想来军这样子一定和班主任上门有关，便上前几步说：来军，我看见班主任来你家了。他没再抬头，而是把头埋在两腿之间，突然耸动着肩膀哭了起来。我又走近一步，手扶在他的肩膀上，感受到他的悲伤，没头没尾地安慰他道：来军，你放心，以你的成绩考上清华一定有把握。谁知来军听了我的话，越发伤心起来，整个人都因哭泣而抖成一团。我不知班主任到来，来军一家发生了什么，来军一直在哭泣，也没有和我交流的意思，我在他身边默立了一会便离开了。身后仍然是来军断断续续的哭泣之声。

第二天上学是我们交高考志愿表的时间，班主任低着头把我们递给他的高考志愿表码在一起，班主任似乎情绪也很低落，脸上写满了失望。坐到座位上，我看见了来军，他此时已经平静了，但双眼仍然红肿着，显然，他昨天晚上哭了许久。

几天之后，班级里又恢复了平静，我们做着高考前的最后冲刺。放学时，我又看见了老金几次，他带着几个年轻徒弟，在检查电线杆，工具袋让他身子歪斜起来，他仰起头，冲在电线杆上作业的徒弟大声交代着什么。

那年高考后不久，我们大院里，来军是第一个收到大学录取通知书的人，让我们吃惊的是，录取来军的大学不是清华，而是部队一所院校。来军放弃了清华，报考了一家军校，这个结果让我们大吃一惊。我们得知来军收到军校录取通知的那天下午，我们被一阵鞭炮声吸引了，我看见老金站在自家门前，手里握了一根竹竿，竹竿一端挑着一挂正燃放的鞭炮。老金高兴得跟个孩子似的，他眉毛都立起来了，抿着嘴角，神采飞扬的样子。自从我认识老金，这是我见过老金最开心的样子。他是在为来军考取军校才点燃的鞭炮。可惜的是，来军并没有出现在我的视线里，老金的身后站着他的老伴儿，老伴用手捂着耳朵，也高兴得像一个胆小怕事的孩子。

直到这时，我才知道，高考前班主任来到来军家的目的，班主任试图说服老金让来军报考清华大学，而老金执意让来军报考军校，最后自然是老金占了上风，谁让来军是老金的儿子呢。

来军也是我们那届第一个入学的大学生，他出发那天，我们这拨同学都去为来军送行。来军穿了一身军校学员制服出现在自家院门前，我们突然发现来军和以前不太一样了。不知是他那身军装，还是别的什么，老金拖了个旅行箱，腰杆也挺得笔直，他冲我们挥着手，一副合不拢嘴的样子。自从来军接到军校的入学通知书，老金就是这副高兴的样子，我们经常在院里听到他偷偷哼唱《阿里郎》的歌声。

来军似乎还没学会敬礼，但他却意外地走过来，依次和我们拥抱告别。这是来军从小学到高中，第一次如此主动地和我们近距离地接触。我们从他的表情上看不出他是高兴还是失望。我又想起了填写高考志愿表的那天晚上，他哭得那么伤心，一定是在跟梦想的清华大学做告别。

来军在老金的相送下，挥手和我们告别了。我们站在老金家门前，望着来军和老金向院外走去，心里一时不知是个什么滋味。

那年我没能考上大学，朱革子也是，年底我参军离开了军区大院，朱革子也想参军，但因为他有口吃的毛病，面试时就被部队接兵领导排除在外了。

我参军两年后回家探亲，意外地在院里看到了来军，来军放寒假也回到了家中。两年没见来军，他的变化让我有些吃惊，我们在院内的路上遇见，很快便认出了彼此，他先是立住脚，给我敬了个军礼，他的军礼标准而又利索。然后我们迈开大步相向而行，我们的手握到了一起，这时，我才发现来军的手很有力量，他的个子又长高了一些，比以前又壮了一些，他握着我的手道：咱们现在是战友了。我有些陌生又羡慕地望着来军说：来军你变了，更像名军人了。他冲我笑一笑，露出一口洁白的牙齿。

后来，我也上了军校，又提干留在了部队。不断有来军的消息传来，他考上了部队院校的研究生，后来又听说来军读了博士。博士毕业后，被分到北京一家部队的科研单位。

后来我还听说，老金退休后，和老伴儿一起去北京看望过来军，还住了一阵子。回来后的老金身上就多了一套部队新发的九五式军官服装，虽然没有肩章和领花，但那身新式干部服装穿在老金身上，还是让他精神了不少。

八

老金退休了，接着就是父亲，还有赵副司令，父亲他们那一拨抗联老兵都相继退休了。

老金他们住的那一排职工宿舍终于不见了，而是建成了楼房，老金自然也住进了楼房里。他在院内活动的身影也就随之减少了。但他和父亲、赵副司令，还有老李一起活动的次数却明显增多。

父亲和老李等人退休后便住进了干休所，房子自然也是依据职务高低大小不一的。父亲和老李住在联排别墅里，各自有院子，种着花花草草，自己的小院外，还修有凉亭、假山什么的，像一个公园，每次父亲他们相聚时，大都在父亲的干休所。干休所离原来军区的家属区并不远，只有一条马路相隔，老金扭捏着穿过马路，便走进干休所院内了。父亲和老李等人已经在凉亭下等候了，一副象棋摆在眼前。老金不下棋，他坐在一旁看父亲和老李下棋，他们每次下棋都很认真的样子，为一步棋总是会吵吵嚷嚷上好半晌，老金在一旁也急得搓着手，抽个空儿插上一句话就劝慰着：两位首长，别为一步棋吵了，再吵就伤身子了。老金每次这么说，父亲和老李就怔一怔，相互看看，把目光投向老金，老金就一脸平和地把目光望向他们。一直到两人退休，老金还称他们为首长。父亲在家里家外，无数次地替老金打抱不平，每次都会说：老金若不是当年脚被冻伤，现在最差也会弄个师长军长了。每次说起这话，父亲就叹气，眼神里露出深深的遗憾之色。据父亲说，老金和父亲是同岁，当年在抗联时，他和父亲都十四岁，老金是在地下组织当交通员，父亲是抗联支队的通信员。一个里，一个外，最后就成了两种不同人生。父亲和老李都是军职干部退休，算是高干了，住别墅，配专车，生病住院也住的是高干病房。虽然他们退休后，仍不断地和老金打交道，老金每次来，从不多言，就是坐在一旁看两人下棋，抑或把目光移开，打量着干休所里的山山水水。父亲和老李也和老金闲聊，一般情况下，不是坐在凉亭里，就是绕着假山或水景在散步，老金就喃喃地说：你们休养所真好，像个公园。父亲立住脚，看着老金说：金子，没事多过来走走。老金就把虚虚的目光移到树木掩映的那一排排别墅上，红砖青瓦的别墅像一道风景似的在眼前飘过。

父亲和老李带着老金也看望过赵副司令，赵副司令年龄比他们大上一些，也是最早退休的，他仍住在军区院内的首长小院里，院子内外仍有士兵站岗，不时地还有游动的士兵在院内走过。副司令的房子就更加宽大了，小楼是独立的，前后有院，院内的各种名贵古树参天遮日的样子，恍若走进了世外桃源。首长的院内也修有凉亭，凉亭上还长满了青苔，朴拙而又古老。

他们来到时，赵副司令已经坐在凉亭里等他们了，他们既是战友又是上下级，赵副司令围坐在中间，老金总是找个远端的位置坐下，然后几个人就说些话。他们退休了，工作上的事自然就不说了，每次聊天都要从天气说起，或冷或热地说上一阵子，也会聊些国际国内形势，最后总是在各自孩子的话题上打住。赵副司令家的老大，在部队已当上了副师长，老李的儿子也成了一名团职干部。父亲说起我们几个孩子时，总是匆匆带过，似乎总是不值一提。匆忙结束之后，就把老金往前拉一拉说：金子的老小才有出息，现在在北京一家保密单位做科学研究，是科学家。每每这时，老金总是把胸挺起来，接受检阅似的，目不斜视的样子。赵副司令拍着大腿就说：是来军吧？老金就说：首长，是他。几个人沉默下来，他们几乎都同时又想起了盼军，扛着燃烧的煤气罐飞奔而去的身影。赵副司令就总结似的说：小金，你的子女争气呀。老金的腰就弯下一些，他又想起了念军，没底气地说：我们家老二不争气，她要是留在部队，就完美了。

老金自责念军时，念军和丈夫已经一起开了家旅行社，旅行社的业务不仅遍布全国，还走向了世界。在业内已是小有名气的一家旅行社了，念军在亚洲欧洲到处行走，开辟着旅游线路。

念军几次三番地要把父母接到北京去住，老金和他老伴儿也去过几回，每次都以住不惯为由停留几日，在念军家住几天，又到来军家住几天，便又匆匆地回来了。一走进营区，心似乎才踏实下来，脸上也会绽放出难得的笑容。老伴儿不说什么，随在他的身后。

老金的晚年是幸福的，日子在水波不兴中就这么过着。可在感觉上，退了休之后的老人总是老得很快。我先是发现父亲的背驼了，脚步也不如以前那么灵便了。

有一次，见到老金和他老伴儿在过马路，老伴儿搀着老金，老金手里不知何时多了条手杖，他们小心地移动着脚步向干休所走来。我走到他们近前，打了招呼，他们半晌才认出我来，老金就似梦似呓地说：老三呐，都长这么高了。他的思维似乎还停留在二三十年前，我们在院里打闹追逐的样子。老金的老伴儿不好意思地纠正道：你金叔老糊涂了。然后又冲老金的耳朵大声地说：老三现在调到军区当干事了，是营职干部了。老金就答非所问地说：你爸和李部长下棋，我去当参谋，不然他们老是吵架。老金在老伴儿的搀扶下，扭着小脚向干休所院内走去。

记得是过完五一节之后的某一天，我突然听到老金去世的消息。老金去世前身体就已经很不好了，三天两头去医院，后来都不能下楼了，他的老寒腿总是疼。抗联的日子不仅让老金失去了脚趾，还有一双腿，遇到阴天下雪就会发作。不仅老金这样，父亲和老李还有赵副司令也是这样，只不过他们的后遗症要比老金轻一些。

老金去世后，念军、来军都从北京赶了回来。父亲特意把我叫到他面前，父亲把拐棍立在自己的身前，抬起头望着我说：你金叔的遗愿是想回老家，你记住，等我有一天和你金叔一样时，我也要回老家。我知道父亲说的老家指的是什么，就是当年他们在抗联日子里曾经战斗过的山岭和林海。父亲和李叔叔在退休前回去过，退休后也结伴去过。回来后他们就要叨叨上好久关于老家的一切，某座山头如何了，哪条水沟又变化了，似乎，他们的青春岁月就在眼前，触手可及。

父亲又说：我老了，走不动了。你代表我去送送你金叔。

护送老金回老家时，有十几口子人，除了念军、来军，还有我们这些当年抗联老兵的子女。我们坐火车，又坐汽车，一路上向大山深处奔去。最后在当地抗联纪念馆同志的陪同下，我们翻山越岭来到了一片山岗前，纪念馆的同志就指着这片山岗说：前面的大山就是当年抗联三支队经常活动的地方。我顺着纪念馆工作人员的手势望过去，山峰相连，高高低低，错落有致，就像当年抗联老兵的队伍。此时，正值金达莱盛开的季节，漫山遍野，我们听到了鸟鸣之声，还听到了山泉水缓缓流过的声响，我们向大山深处走去，簇拥着老金。我的耳畔又响起松涛之声。十四岁的老金挎着筐，里面装着情报或者送给抗联队伍的吃食，穿行在风雪之中。泪水浸湿了我的眼眶，模糊了眼前的一切。

图书在版编目（CIP）数据

一诺 / 石钟山著. 一北京：中国工人出版社，2023.11
ISBN 978-7-5008-8342-5

Ⅰ. ①一… Ⅱ. ①石… Ⅲ. ①中篇小说－小说集－中国－当代 Ⅳ. ①I247.5

中国国家版本馆CIP数据核字（2023）第240241号

一 诺

出 版 人	董 宽
责任编辑	宋 杨
责任校对	张 彦
责任印制	黄 丽
出版发行	中国工人出版社
地 址	北京市东城区鼓楼外大街45号 邮编：100120
网 址	http://www.wp-china.com
电 话	（010）62005043（总编室）
	（010）62005039（印制管理中心）
	（010）62379038（社科文艺分社）
发行热线	（010）82029051 62383056
经 销	各地书店
印 刷	天津中印联印务有限公司
开 本	787毫米×1092毫米 1/32
印 张	8
字 数	133千字
版 次	2024年2月第1版 2024年2月第1次印刷
定 价	48.00元